이방인
L'ÉTRANGER

ALBERT CAMUS

이방인
L'ÉTRANGER

스타북스

세계문학 베스트 | 서양의 명문

《이방인》 미국판 서문

●

　나는 오래 전에 《이방인》을 나 스스로도 매우 역설적이라고 인정하는 한 마디로 다음과 같이 요약한 바 있다.

　　"우리 사회에서 자기 어머니의 장례식에서 울지 않는 사람은 누구나 사형선고를 받을 위험이 있다."

　나는 다만, 이 책의 주인공은 유희에 참가하고자 하지 않았기 때문에 유죄선고를 받았다는 말을 하고 싶었다. 그런 의미에서 주인공은 자기가 사는 사회에서 이방인이며 사생활의 변두리에서 주변적인 인물로서 외롭게, 관능적으로 살아간다. 그렇기 때문에 독자들은 그를 일종의 표류물과도 같이 간주하고 싶은 느낌을 받는 것이다. 그렇지만 뫼르소가 어떤 면에서 유희를 하지 않으려고 하는 것인지를 자문해본다면 그 인물에 대한 더 정확한 생각을, 어쨌든 작가의 의도와 더 일치하는 생각을 갖게 될 것이다. 그 대답은 간단하다. 그는 거짓말하는 것을 거부한다. 거짓말을 한다는 것은 단순히, 있지도 않은 것을 말하는 것만이 아니다. 그것은 특히 실제로 있는 것 이상을 말하는 것, 인간의 마음에 대한 것일 때는 자신이 느끼는 것 이상을 말하는 것을 뜻한다. 그런데 이건 삶을 좀 간단하게 하기 위하여 우리들 누구나 매일같이 하는 일이다. 그런데 뫼르소는 겉보기와는 달리 삶을 간단하게 하고자 하지 않는다. 그는 있는 그대로 말하고 자신의 감정을 은폐하지 않는다. 이렇게 되면 사회는 즉시 위협당한다고 느끼게 마련이다. 예컨대 사람들은 그에게 관례대로의 공식에 따라 스스로 저지른 죄를 뉘우친다고 말하기를 요구한다. 그는, 그 점에 대해서 진정하게 뉘우치기보다는 오히려 귀찮은 일이라 여긴다고 대답한다. 이러한 뉘앙스 때문에 그는 유죄선고를 받게 된다.

따라서 내가 보기에 뫼르소는 표류물과 같은 존재는 아니다. 그는 가난하고 가식이 없는 인간이며 한군데도 어두운 구석을 남겨놓지 않는 태양을 사랑한다. 그에게 일체의 감수성이 결여되어 있다고는 결코 말할 수 없다. 집요하기 때문에 그만큼 뿌리가 깊숙한 정열이 그에게 활력을 공급한다. 절대에 대한, 진실에 대한 정

《이방인》 미국판 서문

열이 그것이다. 이것은 아직 소극적인 진실로 존재한다는 진실, 느낀다는 진실이다. 그러니 그 진실이 없이는 자아와 세계에 대한 그 어떤 정복도 가능하지 못할 것이다.

그 어떤 영웅적인 태도를 취하지는 않으면서도 진실을 위해서는 죽음을 마다하지 않는 한 인간을 《이방인》 속에서 읽는다면 크게 틀린 것이 아니라고 할 수 있겠다. 여전히 좀 역설적인 뜻에서 한 것이지만, 나는 내 인물을 통해서, 우리들의 분수에 맞을 수 있는 단 하나의 그리스도를 그려보려고 했다는 말을 한 적이 있다. 내가 설명을 할 만큼 했으니까 나의 이 말에는 그 어떤 신성모독적인 의도도 담겨 있지 않고, 그저 한 예술가가 스스로 창조한 인물들에 대하여 느낄 권리가 있는 약간 아이러니한 애정만이 담겨 있다는 것을 여러분은 이해할 수 있을 것이다.

1955년 1월 8일

알베르 카뮈

《이방인》에 대한 편지

●

1954년에 어떤 독일 친구가 《이방인》을 연극으로 각색하여 공연하고자 한다는 계획을 제시한다. 이 글은 그에 대한 카뮈의 회답이다.

친애하는 선생님.

당신의 계획을 접하고 나서 내가 다소 망설이고 있다는 것을 짐작하실 수 있겠지요. 나는 온갖 형태의 연극 활동에 관심을 기울여온 지 벌써 20여 년입니다(나도 배우였고 연출도 했습니다). 그래서 연극 무대의 조명은 소설 속에 도입될 수 있는 계산된 빛과는 아무런 상관이 없다는 것을 나는 잘 알고 있는 터입니다. 그냥 이야기 속에서는 잘 버티고 서 있을 수 있는 인물이 연극 무대의 거친 조명 아래서는 완전히 무너져 내려버리는 수도 있는 것입니다. 그러나 당신의 편지와 드블뤼 씨의 편지를 받고 보니 당신과 함께 그 모험을 한번 해보고 싶은 욕심이 생겼습니다. 그리고 나는 어떤 공동작업을 결정하기 전에 바랄 수 있는 유일한 보증은 '공감'

이라는 사실을 경험을 통해서 잘 알고 있습니다. 그러므로 당신은 《이방인》을 각색하여 무대에 올리는 것에 대하여 나의 허락을 받은 것으로 생각해도 좋습니다. 나 자신을 그 작품을 각색하지 않겠습니다. 사실상 나는 그 인물을 나의 이야기 속에서 결정적인 모습으로 보았던 것이므로 그러한 조명에서 시선을 딴 곳으로 돌릴 수가 없습니다.

이제 당신의 계획에 대한 내 생각을 말해보자면 다음과 같습니다. 이제부터 우리는 작업을 같이 하는 동료로서, 다시 말해서 간단하고 솔직하게 말을 하기로 합시다. 그러는 편이 좋으니까요. 나눈 두 가지 반대의견을 말하고 싶습니다.

첫째로 살인 장면이 무대에 나타나 보이지 않는다면 곤란합니다. 우선 그 대목은 이야기의 핵심이기 때문입니다. 그것은 태양이 가득한 살인으로서, 여기서 태양은 그것을 중심으로 하여 드라마가 전개되도록 만들어져 있는, 말그대로 중심입니다. 드라마는 그 뜨거운 조명을 받음으로써 카프카 식의 어두침침하고 현실과 거리가 있는 이야기로 변질해버리지 않을 수 있는 것입니다. 당신은 그 살인 장면을 무대 위에다 나타내 보이기가 어렵다고 말하겠지요. 그러나 나는 바로 그렇기 때문에 표현방법을 찾아내야 한다고 대답하고 싶습니다.

찾아보십시오. 그래서 만약 방법을 찾아낸다면 당신 연출의 진정한 독창성을 획득할 수 있게 되는 것입니다.

둘째로 여섯 번째 장을 독백으로 끝마치고 싶다고 했는데 내가 보기에 그것은 불가능하다고 여겨집니다. 연극에서 독백은 행동과 맞물려 있을 경우에만(그것도 대단한 배우를 기용할 경우) 참아줄 수 있는 것입니다.

당신이 생각하고 있는 그 대목에서라면 독백은 '교훈'의 느낌을 줄 것입니다. 따라서 그것은 인위적인 것이 될 것입니다. 그러나 화해의 주제는 그대로 간직되어야 마땅합니다. 이 점 역시 어떻게 하면 좋을지 열심히 연구해보셔야겠습니다.

당신도 이미 알고 있으리라 생각은 됩니다만, 그래도 꼭 피해야 할 위험들에 대해서 말해두고 싶습니다. 간단히 말해서 1925년 이래 귀국에서 그토록 많은 추종자들이 생겨 있는 카프카류, 혹은 표현주의류의 연출은 피하라고 충고하겠습니다. 《이방인》은 사실주의도 아니고 환상적 장르도 아닙니다. 나로서는 오히려 육화된 신화, 그것도 삶의 살과 열기 속에 깊이 뿌리박힌 신화라고 봅니다. 어떤 사람들을 이 작품에서 새로운 유형의 배덕자를 발견할 수 있다고 했습니다. 그건 완벽하게 틀린 생각입니다. 여기서 정면으로 공격받고 있는 대상은 윤리가 아니라 재판의 세계입니다. 재판의 세계란 부르주아이기도 하고 나치이기도 하고 공산주의이기도합니다. 한마디로 말해서 우리 시대의 모든 악들입니다. 뫼르소로 말하자면 그에게는 긍정적인 그 무엇이 있습니다. 그것은 죽는 한이 있더라도 거짓말을 하지 않겠다는 결연한 거부의 자세입니다. 거짓말을 한다는 것은 단순히 있지도 않은 것을 있다고 말하는 것만이 아니다, 대부분의 경우 사회에 적응하기 위해서, 자기가 아는 것보다 더 말하는 것에 동의하는 것도 의미합니다. 뫼르소는 판사들이나 사회의 법칙들이나 판에 박힌 감정들의 편이 아닙니다. 그는 햇볕이 내리쬐는 바위나 바람이나 바다처럼(이런 것들은 거짓말을 하지 않으니까) 존재합니다.

만약 당신이 이 책을 이러한 측면에서 해석해본다면 거기서 어떤 정직성의 모럴을, 그리고 이 세상을 사는 기쁨에 대한 해학적이면서도 비극적인 찬양을 발견할 것입니다. 따라서 여기에서는 어둠이라든가 표현주의적인 희화戱畵라든가 절망의 빛 같은 것은 관심의 대상이 아닙니다.

알베르 카뮈

차례

제1부

1

오늘 어머니가 돌아가셨다는 부고를 받았다. 어쩌면 어제 돌아가셨을지도 모른다. 양로원으로부터 전보 한 통을 받았다.

'모친 사망, 내일 장례식.'

이것만으로는 아무것도 모르겠다. 아마 어제였는지도 모르겠다.

양로원은 알제에서 80킬로미터 떨어진 마랑고에 있다. 2시에 버스를 타면 해지기 전에 도착할 수 있으리라. 그러면 밤샘을 하고, 내일 저녁에는 돌아올 수 있을 것이다. 나는 사장에게 이틀의 휴가를 요청했는데 그는 이유가 이유이니만큼 거절할 수 없었다. 그러나 썩 내켜하지 않는 눈치였다.

"제 탓이 아닙니다."

그는 아무 대꾸도 하지 않았다. 그제야 나는 그런 소리는 하지 말았어야 했다고 생각했다. 어쨌든 변명 따위는 하지 않아도 상관없었다. 오히려 그가 나에게 조의를 표해야 할 터이니까. 하지만 그가 실제로 조문을 하는 것은 모레, 내가 상장을 달고 있는 것을 봤을 때이리라. 지금은 어쩐지 어머니가 돌아가시지 않은 것 같은 기분이다. 장례식이 끝나야 확정적인 사실이 되어 만사가 공인된 형식을 갖추게 될 것이다.

2시에 버스를 탔다. 몹시 더웠다. 평소와 다름없이 셀레스트네 식당에서 점심을 먹었다. 식당 사람들은 모두 나를 가엾게 여기며 매우 슬퍼해주었고, 셀레스트는 나에게 말했다.

"어머니란 세상에 둘도 없는 분이지."

내가 나올 때는 모두들 문까지 바래다주었다. 나는 에마뉘엘의 집에 들러 검은 넥타이와 상장을 빌려야 했으므로 마음이 몹시 급했다. 에마뉘엘은 몇 달 전에 작은아버지를 잃었다.

나는 늦지 않으려고 뛰었다. 내가 깜빡 존 것은 그처럼 서둘러 뛰었기 때문이다. 더욱이 버스가 흔들리고, 가솔린 냄새가 풍겼으며, 길과 하늘에 반사되는 햇빛 탓이기도 하다. 차를 타고 가는 동안 거의 내내 잤다. 잠을 깨어 보니 어떤 군인의 어깨에 기대어 있었는데, 그는 나를 향해 웃으며 먼 데서 오느냐고 물었다. 별로 말하고 싶지 않아서 "네" 대답했다.

양로원은 마을에서 2킬로미터쯤 떨어진 곳에 있었다. 나는 그

길을 걸었다. 곧 어머니를 보고 싶었지만, 문지기가 원장을 만나야 한다고 말했다. 원장은 바빴으므로 나는 조금 기다렸다. 그동안 문지기는 줄곧 이야기를 했다.

이윽고 원장을 만났다. 원장은 자기 사무실로 나를 맞아주었다. 키 작은 노인으로 레지옹도뇌르 훈장을 달고 있었다. 그는 맑은 눈으로 나를 쳐다보았다. 그러고는 내 손을 붙들고 꽤나 오랫동안 서류를 뒤적여보고 나서 말했다.

"뫼르소 부인은 3년 전에 이곳에 오셨군요. 당신이 유일한 가족이었네요."

그가 나를 나무라는 것이라고 여겨져 사정을 설명하기 시작했다. 그러나 그는 내 말을 가로막으며 말했다.

"변명할 건 없어요. 나도 당신 어머니의 서류를 읽어보았는데, 당신은 어머님을 부양할 수 없는 처지더군요. 어머니한테는 돌봐줄 만한 사람이 필요했는데, 당신의 월급은 어머니를 부양하기에는 너무 적었지요. 결국, 여기 계시는게 어머니에게도 나았을 테지요."

"네, 그렇습니다, 원장님."

나는 말했다.

"여기에는 같은 연배의 친구들도 계셨지요. 그들과 함께 지나간 옛 이야기를 나눌 수도 있었을 겁니다. 당신은 젊으니까 당신과 함께 살았으면 아무래도 적적하셨을 겁니다."

원장이 덧붙였다.

그것은 사실이었다. 집에 있었을 때, 엄마는 아무 말 없이 나를 지켜보기만 하며 시간을 보냈다. 양로원으로 들어가고 난 처음 며칠 동안은 자주 우셨다. 그러나 그건 습관 탓이었다. 몇 달이 지나고, 양로원에서 데리고 나오겠다고 했더라도 울었을 것이다. 그 또한 습관 탓이다. 마지막 해에 내가 거의 양로원에 가지 않은 것도 그런 이유 때문이다. 게다가 그러자면 또 일요일을 빼앗겨야 하기 때문이었다. 표를 사고 버스를 타고 2시간 동안이나 차를 타야 하는 수고는 말할 것도 없었다.

원장은 다시 이야기를 계속했지만, 나는 거의 듣지 않았다. 그러자 그는 이렇게 말했다.

"물론 어머님을 보고 싶으실 테지요."

나는 아무 대답도 하지 않고 일어섰고 그는 방문을 향해 앞장서 갔다. 계단으로 나서자 그는 설명을 덧붙였다.

"시신은 조그만 영안실로 옮겨놓았습니다. 다른 사람들을 자극하지 않기 위해서지요. 원내에서 사람이 죽을 때마다 2, 3일 동안 다른 사람들의 신경이 날카로워져서 일하기가 어려워진답니다."

우리는 안뜰을 지나갔는데 거기에는 노인들이 많이 보였고, 옹기종기 모여서 이야기를 나누고 있었다. 우리가 지나갈 때에는 잠

이방인

시 말을 끊었다가 지나간 뒤에는 다시 이야기가 계속되는 것이었다. 마치 앵무새들이 나직하게 재잘거리는 소리 같았다. 어떤 조그만 건물의 문 앞에 이르자 원장은 나와 헤어졌다.

"그럼 나는 가보겠습니다, 뫼르소 선생. 사무실로 오시면 언제든지 만날 수 있습니다. 원칙적으로 장례식은 아침 10시로 예정되어 있습니다. 고인 옆에서 밤샘하실 것을 생각해서 그렇게 정한 것입니다. 그리고 또 하나, 어머님께서는 가끔 이곳 친구분들에게, 장례식은 종교장으로 해주었으면 하는 희망을 표시하셨던 것 같습니다. 필요한 모든 준비는 제가 해놓았습니다. 하지만 미리 알려드려야 할 것 같아서 말씀드리는 겁니다."

나는 원장에게 감사 인사를 했다. 어머니는 무신론자는 아니지만, 생전에 종교를 생각한 적은 한 번도 없었다.

나는 안으로 들어갔다. 하얗게 회칠을 하고, 큰 유리창이 달린 매우 밝은 방이었다. 의자들과 X자 모양의 받침대로 괸 틀들이 놓여 있고, 방 한가운데 있는 두 개의 틀 위에는 뚜껑이 덮인 관이 가로놓여 있었다. 호두기름을 칠한 판자 위에 대충 박아둔 번쩍거리는 나사못만이 드러나 보였다. 관 곁에는 흰 블라우스를 입고 머리에 짙은 색의 수건을 쓴 간호사가 있었다.

그 때 내 뒤로 문지기가 들어왔다. 뛰어온 것이 틀림없었다. 그는 좀 더듬거리며 말했다.

"입관을 했습니다만, 고인을 보실 수 있도록 나사못을 뽑아드려야죠."

그러면서 관으로 가까이 다가가려기에 나는 그를 제지했다.

"보지 않으시겠습니까?"

그가 묻기에 그렇다고 대답했다. 그는 말을 멈췄다. 그런 소리는 하지 말았어야 했다고 느낀 나는 어쩐지 겸연쩍었다. 조금 뒤 그는 나를 쳐다보고 왜냐고 물었는데, 별로 비난하는 기색은 없었다.

나는 말했다.

"이유는 없습니다."

그러자 그는 흰 수염을 잡고 꼬면서 쳐다보지도 않고 말했다.

"알겠습니다."

그는 맑고 푸른, 아름다운 눈에 얼굴빛은 조금 붉었다. 나에게 의자를 권하고 자기도 내 뒤에 조금 떨어져서 앉았다. 간호사가 일어서서 문으로 걸어갔다. 그때 문지기가 나에게 말했다.

"저 사람은 종기가 났어요."

나는 무슨 말인지 몰라서 간호사를 쳐다보았다. 눈 밑을 붕대로 감고, 그게 머리까지 한 바퀴 감겨져 있는 것을 알 수 있었다. 코 높이에서 붕대가 펴져 있었다. 그녀의 얼굴에는 흰 붕대밖에 보이지 않았다.

간호사가 가버리자 문지기가 말했다.

이방인

"혼자 계시게 해드리지요."

내가 어떤 몸짓을 했는지 모르겠지만, 그는 나가지 않고 내 뒤에 서 있었다. 그렇게 내 등 뒤에 사람이 서 있는 것이 몹시 거북했다. 방 안에는 저물어가는 오후의 아름다운 빛이 가득했다. 말벌 두 마리가 유리창에 부딪치며 붕붕거리고 있었다. 졸음이 오는 것을 느꼈다. 나는 문지기에게 고개를 돌리지 않은 채 말했다.

"여기 오신 지 오래되십니까?"

그가 바로 대답했다.

"5년 됐습니다."

마치 처음부터 내가 그렇게 물어주기를 기다리고나 있었다는 듯이, 그리고 그는 수다스럽게 떠들어댔다. 그가 마랑고 양로원에서 문지기로 일생을 마치게 되리라고 혹시 누가 말했더라면, 아마 그는 묘한 표정을 지었으리라. 그는 예순네 살로 파리 태생이었다. 그때 나는 그의 이야기를 가로막으며 말했다.

"아! 이 고장 분이 아니시군요?"

그리고 그가 나를 원장실로 데리고 가기 전에 어머니 이야기를 했던 생각이 떠올랐다. 그는, 인가가 없는 벌판과 들은 덥기 마련인데 이 나라에서는 특히 더우니까 서둘러 매장해야 한다고 했었다. 또 파리에 살았었고, 파리는 좀처럼 잊혀지지 않는다고 알려준 것도 그때였다. 파리에서는 사흘씩이나 시체와 같이 있을 수도 있지만 여기서는 그럴 시간이 없다. 영구차를 따라가야 한다는 것이었다. 그때 그의 아내가 그에게 말했다.

"그만 하세요. 이분에게 할 얘기가 아니잖아요."

노인은 낯을 붉히고 사과를 했다. 나는 그들 사이에 끼어들어 말했다.

"아니, 상관없어요. 정말 괜찮아요."

그의 이야기가 그럴듯하고 재미있다고 생각했다.

조그만 영안실에서, 그는 극빈자로서 양로원에 들어왔다고 말했다. 그러나 아직 건강하다고 생각해, 그 문지기의 자리를 자원했다는 것이었다. 나는 결국 그도 재원자在院者의 한 사람이 아니냐고 지적했다. 그는 아니라고 했다. 자신보다 나이가 어린 사람도 꽤 있는데, 재원자들의 이야기를 할 때 '그들', '다른 사람들', 또 어쩌다가는 '늙은이들'이라는 표현을 하는 것이 인상에 강하게 남았다. 그러나 물론 그는 그들과는 같지 않았다. 그는 문지기인 만큼, 어느 정도까지는 영향력이 있었다.

그때 간호사가 들어왔다. 갑자기 땅거미가 내렸다. 삽시간에 밤이 유리창 위에 짙어갔다. 문지기가 스위치를 켜자 별안간 쏟아지는 불빛 때문에 눈이 보이지 않았다. 그가 식당으로 저녁을 먹으러 가라고 권했으나, 나는 배가 고프지 않았다. 그랬더니 그는 밀크커피를 한 잔 가져오겠다고 말했다. 나는 밀크커피를 아주 좋아했으므로 고맙다고 했다. 조금 뒤에 그는 쟁반을 하나 들고 돌아왔다. 커피를 마셨다. 이번엔 담배가 피우고 싶었다. 그러나 어머니 앞에서 담배를 피워도 좋을지 어떨지 몰라 망설였다. 생각해보니, 아무래도 좋았다. 문지기에게 담배 한 대를 권하고, 우리는 담배를 피웠다.

문득 그가 말했다.

"그런데 어머님 친구분들도 밤샘을 하러 올 겁니다. 관습이 그러니까요. 의자와 블랙커피를 가져와야겠습니다."

나는 전등을 하나 꺼도 되냐고 물었다. 불빛이 벽에 반사되어 피로를 느꼈기 때문이다. 문지기는 그럴 수 없다고 했다. 배선 때문에 다 켜든지 모두 꺼버리든지 하는 수밖에 없다는 것이었다. 나는 이제 그에게 별로 주의를 기울이지 않았다. 그는 나갔다가 들어와서 의자들을 늘어놓고, 한 의자 위에 커피 주전자를 놓고 그 주위에 찻잔들을 포개놓았다. 결국 그는 어머니 건너편, 내 앞에 앉았다. 간호사도 방 안쪽에 등을 돌리고 앉았다. 그녀가 무엇을 하고 있는지는 몰랐으나, 팔을 놀리는 것으로 보아 뜨개질을 하고 있다는 것을 짐작할 수 있었다. 방 안도 따뜻하고 커피를 마셔서 몸도 따뜻해졌다. 열어놓은 문으로 시원한 밤공기에 꽃향기가 실려왔다. 약간 졸았던 모양이다.

무언가 스치는 소리에 잠이 깼다. 눈을 감고 있어서 방 안의 흰

빛이 눈부셔 보였다. 내 앞에는 그림자 하나 없이, 물체 하나하나, 모서리 하나하나, 모든 곡선들이 눈이 아플 정도로 뚜렷이 두드러져 보였다. 어머니 친구분들이 들어온 것은 그때였다. 모두 여남은 명 되었는데, 그들은 아무 말 없이 그 눈부신 빛 속을 미끄러지듯 들어왔다. 그들은 의자에 앉았는데 삐걱거리는 소리 하나 나지 않았다. 나는 지금까지 아무도 보지 못했던 터라 그들을 자세히 보았는데 그들의 얼굴이나 옷차림의 사소한 모습 하나에 이르기까지 놓치지 않았다. 그러나 다들 말이 없어서 그들이 거기에 있다고는 믿기 어려웠다. 여자들은 거의 모두가 앞치마를 두르고 있었다. 허리를 졸라맨 끈이 불룩 나온 배를 더욱 두드러져 보이게 했다. 나는 지금까지 늙은 여자들의 배가 얼마나 나올 수 있는지 눈여겨 본 적이 한 번도 없었다. 남자들은 거의 모두가 몹시 여위었고 지팡이를 짚고 있었다. 그 얼굴에서 주의를 끈 것은, 눈은 보이지 않으면서 온통 주름살투성이인 얼굴 한가운데서 광채 없는 빛을 발하고 있다는 것뿐이었다. 그들이 앉았을 때, 거의 모두가 나를 바라보며 이가 빠져버린 입 속으로 입술이 온통 다 말려들어간 채 머리를 어색하게 수그렸는데, 그것이 나에 대한 인사인지 단순히 습관적인 경련인지는 알 수 없었다. 아마도 나에게 인사를 한 것이었으리라. 그때 그들이 모두 나와 마주 앉아서 문지기를 둘러싸고 가볍게 고개를 꾸벅거리고 있음을 알았다. 나는 한순간, 그들이 나를 심판하기 위해서 거기에 앉아 있다는 어처구니없는 인상을 받았다.

시간이 조금 지나자 한 여자가 울기 시작했다. 그 여자는 둘째 줄에 앉아 있었는데, 앞에 앉은 다른 여자에게 가려져 잘 보이지 않았다. 작은 소리를 내며 규칙적으로 울었다. 언제까지나 그녀가 울음을 그치지 않을 것처럼 생각되었지만, 다른 사람들은 들리지 않는 척했다. 그들은 맥없이, 침울한 얼굴로 묵묵히 앉아 있었다. 모두들 관이라든가 지팡이라든가, 또는 무엇이든, 그러나 오직 그것 한 가지만을 들여다보고 있었다. 여자는 여전히 울고 있었다. 나는 그 여자를 알지도 못하는 처지였으므로 몹시 놀랐다. 이제 울음소리를 듣고 싶지 않았다. 하지만 여자에게 말할 용기는 없었다. 문지기가 그 여자에게로 고개를 숙이고 무슨 말을 하였으나, 그녀는 머리를 가로젓고 뭐라고 중얼거리더니 이전과 다름없이 규칙적으로 계속 울었다. 그때 문지기가 내 쪽으로 와서 옆에 앉았다. 상당히 오랫동안 그러고 있더니, 내 얼굴도 보지 않고 이렇게 얘기해주었다.

"저분은 어머님과 매우 친하게 지냈답니다. 여기서는 어머님이 하나뿐인 벗이었는데, 이제 자기는 벗이 하나도 없는 신세가 되고 말았다는군요."

우리는 오랫동안 그렇게 앉아 있었다. 여자의 한숨과 흐느낌은 차츰 간격이 뜸해졌다. 그녀는 몹시 훌쩍거렸다. 그리고 마침내 울음을 그쳤다. 나는 이제 졸리지 않았지만, 피곤해서인지 허리가 아파왔다. 이제 사람들의 침묵이 나를 괴롭혔다. 다만 때때로 괴상한 소리가 들렸는데, 그것이 무슨 소리인지 알 수가 없었다. 결국 그중의 어떤 늙은이들이 볼 안쪽을 빨아서 그처럼 이상한 혀 차는 소리를 내고 있다는 것을 알았다. 그들 자신은 그런 소리가 나는 것을 알지도 못하고 있었다. 그만큼 저마다 깊은 생각에 몰두해 있었던 것이다. 그들 한가운데에 뉘어진 그 시체가 그들의 눈에는 아무런 의미도 없다는 느낌마저 들었다. 그러나 지금 생각해보면, 그것은 그릇된 인상이었던 것 같다.

우리는 모두 문지기가 따라준 커피를 마셨다. 그 다음 일은 기억이 나질 않는다. 밤이 깊어졌다. 문득 눈을 뜨니 노인들이 서로 기댄 채 잠이 들어 있었던 것이 기억난다. 어떤 한 사람만은 지팡이를 그러쥔 손등 위에 턱을 괴고, 내가 깨기만을 기다리고 있었다는 듯이 나를 뚫어지게 바라보고 있었다. 그러고 나서 나는 또다시 잠이 들었다. 허리의 통증이 더욱 심해져서 나는 눈을 떴다. 유리창으로 날이 밝아오는 모습이 보였다. 조금 뒤에, 노인들 중 한사람이 잠이 깨어 기침을 몹시 했다. 그는 체크 무늬의 커다란 손수건에 가래침을 뱉고 있었는데, 침을 뱉는다기보다는 마치 침을 잡아채는 듯했다. 그 덕분에 다른 사람들은 잠에서 깼고, 문지기는 그들에게 갈 시간이 되었다고 알려주었다. 그들은 일어섰다. 불편한 밤샘으로 말미암아 그들의 얼굴은 잿빛이 되었다. 나 갈 때, 놀랍게도 그들은 모두 내 손을 잡고 악수를 했다. 마치 서로 말 한 마디 주고받지 않은 그날 밤 덕분에 우리의 친밀감이 한층 두터워지기라도 했다는 듯이.

피곤했다. 문지기가 자기 방으로 데려가 줘서 간단히 세수할 수 있었다. 그리고 또 밀크커피를 마셨는데 매우 맛이 좋았다. 밖으로 나왔을 때는 해가 완전히 떠올라 있었다. 바다와 마랑고 사이를 가로막고 있는 언덕들 위 하늘에 불그레한 빛이 가득 퍼지고 있었다. 언덕 위로 부는 바람은 여기까지 소금이 있는 냄새를 실어오고 있었다. 아름다운 하루가 시작되려는 참이었다. 나는 오랫동안 시골에 온 일이 없었다. 그래서 어머니 일만 아니었다면 산책하기에 더없이 즐거웠을 거라는 생각이 들었다.

나는 안뜰의 플라타너스 나무 밑에서 기다렸다. 상쾌한 흙냄새를 들이마셨다. 이제 졸리지 않았다. 사무실 동료들 생각이 났다. 지금 이 시간이면 그들은 출근하려고 일어났을 것이다. 내게는 언제나 그때가 가장 힘든 시각이었다. 그런 생각을 좀더 해 보았으나, 건물 안에서 울리는 종소리에 주의가 산만해져버렸다. 창문 뒤가 소란스럽더니 이윽고 모든 것이 잠잠해졌다. 해는 하늘로 좀더 높이 떠올랐다. 햇볕이 내 발밑을 뜨겁게 비추기 시작했다. 문지기가 마당을 가로질러 와서 원장이 나를 부른다고 일러주었다.

원장실로 갔다. 그는 나에게 몇 가지 서류에다 서명을 하게 했다. 나는 그가 줄무늬 바지에 검은 윗옷을 입고 있는 것을 보았다. 그는 수화기에 손을 들고 나에게 물었다.

"장의사가 조금 전에 왔습니다. 와서 관을 닫으라고 해야 하는데, 그전에 마지막으로 한 번 더 어머님을 보시겠습니까?"

나는 안 본다고 말했다. 그는 목소리를 낮추어서 전화로 명령했다.

"피자크, 인부들에게 일을 하라고 말하게."

그러고 나서 원장이 자기도 장례식에 참석하겠노라는 말을 하기에, 나는 그에게 고맙다고 했다. 그는 자신의 책상 뒤에 앉아 짧은 다리를 꼬았다. 그는 나와 자기와 당번 간호사만이 참석하게 될 것이라고 일러주었다. 원칙적으로 재원자들은 장례식에 참석해서는 안 된다. 원장은 밤샘만 허락했던 것이었다.

"그건 인정 문제니까요."

그는 힘주어 말했다. 그러나 어머님의 친구 토마 페레 씨에게는 장지까지 따라가는 것을 허락했다며 빙그레 웃었다.

"그야 좀 유치한 감정이지요. 하지만 그와 어머님은 떨어져 있는 일이 거의 없었습니다. 원내에서 놀리느라고 페레에게, '당신의 약혼자군요.' 하면 그는 웃곤 했어요. 그렇게 말해주는 것이 그들에겐 좋았던 겁니다. 뫼르소 부인이 세상을 떠난 것이 그에게 큰 슬픔을 준 것이 당연하죠. 그래서 장례식 참석을 그에게 허락하지 말아야 한다는 생각은 안 들었습니다. 그러나 왕진 의사의 권고에 따라서 어젯밤 밤샘만은 금했지요."

우리는 상당히 오랫동안 말없이 있었다. 원장은 일어서서 사무실 창문으로 밖을 내다보았다. 문득 그가 말했다.

"마랑고의 사제님이 벌써 오시네. 일찍 오셨군."

마을에 있는 성당까지 가자면 걸어서 적어도 45분은 걸릴 것이라고 그는 내게 일러주었다. 우리는 내려갔다. 건물 앞에는 사제와 합창대 아이 둘이 있었다. 그중 한 아이는 향로를 들고 있었는데, 사제는 은줄의 길이를 조절하느라 그에게로 허리를 굽히고 있었다. 우리가 그 앞으로 가자 사제는 허리를 폈다. 그는 나를 '내아들'이라고 부르면서 몇 마디 말을 했다. 그러고는 안으로 들어갔다. 나도 그의 뒤를 따랐다.

얼핏 보니 관의 나사못이 꽉 조여 박혀 있었고 방 안에는 검은 옷을 입은 남자들 넷이 있었다. 영구차가 길에서 기다리고 있다고 원장이 나에게 하는 말과 기도를 시작하는 사제의 목소리가 동시에 들렸다. 이때부터 모든 것이 신속히 진행되었다. 인부들은 큰 보자기를 들고 관 앞으로 나섰다. 사제와 그를 뒤따르는 복사들과 원장과 나는 밖으로 나왔다. 문 앞에 내가 모르는 어떤 부인이 서 있었다.

"뫼르소 씨입니다."

원장이 말했다. 그 부인의 이름은 듣지 못했고 다만 그녀가 담당 간호사라는 것만이 이해했다. 그녀는 웃는 기색도 없이, 뼈가 앙상하게 드러난 길쭉한 얼굴을 숙여 인사했다.

그리고 우리는 관이 지나갈 수 있도록 나란히 비켜섰다. 우리는 운구하는 인부들을 따라 양로원을 나왔다. 문 앞에 영구차가 기다리고 있었다. 그 차는 모양이 기다란 데다 칠까지 하여 번쩍거리는 폼이 필통을 연상케 했다. 그 옆에 진행을 맡은 사람이 서 있었는데, 우스꽝스런 옷차림을 한 키가 작은 사내였다. 그리고 거동이 어색해 보이는 노인 한 사람이 있었다. 나는 그가 페레 씨임을 알았다. 그는 위가 동그랗고 테두리가 넓적한 중절모를 썼고(관이 문을 지날 때는 그것을 벗었다), 바지 자락은 구두 위로 비틀려 늘어진 옷차림에다가 커다란 흰 옷깃이 달린 셔츠에 비해서 지나치게 작은 검정 넥타이를 하고 있었다. 검은 점들이 박힌 코 밑에서 입술이 떨리고 있었다. 가느다란 흰 머리털 밑으로 축 처지고 귓바퀴가 흉하게 말려 묘하게 생긴 귀가 드러나 있었다. 창백한 얼굴에, 그 귀만이 선지처럼 새빨간 것이 인상에 남았다. 진행을 맡은 사람이 우리에게 자리를 정해 주었다. 사제가 앞장서 걸었다. 다음에 영구차, 그 주위에 네 사람의 인부, 그 뒤로 원장과 나, 행렬의 끝에는 담당 간호사와 페레 씨가 따랐다.

하늘에는 벌써 햇빛이 가득 차 있었다. 그것은 땅 위로 무겁게 내리쬐기 시작했고, 더위는 급속히 더해갔다. 왜 그러는지는 알 수 없으나, 우리는 걷기까지 상당히 오랫동안 기다렸다. 검은 상복을 입고 있어서 나는 몹시 더웠다. 모자를 쓰고 있던 노인은 다시 모자를 벗었다. 고개를 돌리고 그를 보고 있으려니까 원장이 내게 그에 대한 이야기를 했다. 원장은 어머니와 페레 씨가 저녁이면 자주 간호사를 데리고 마을까지 산책을 했다고 했다. 나는 주위의 벌판을 바라보았다. 저 멀리 하늘 닿는 언덕까지 늘어선 사이프러스 나무숲의 윤곽이며 적갈색과 초록색의 대지, 드문드문 흩어져 있지만 그린 듯 뚜렷한 집들을 통하며 나는 어머니의 심경이 어땠을지 이해할 수 있었다. 이 고장에서의 저녁은 서글픈 휴식시간과도 같았을 것이다. 오늘 천지에 넘쳐나는 햇빛은 풍경을 전율케 하면서 비인간적이고도 쇠약하게 만들었다.

우리는 걷기 시작했다. 그때 페레가 다리를 약간 전다는 것을 알았다. 영구차의 속도가 점점 빨라졌고 영감은 뒤로 쳐져서 나와 나란히 걸어가고 있었다. 나는 태양이 그렇게 빨리 하늘로 솟아오르는 것을 보고 놀랐다. 벌써 오래전부터 벌판에 윙윙거리는 벌레 소리와 바스락거리는 풀잎 소리가 소란스럽게 들리고 있는 것도 알아차렸다. 땀이 볼을 타고 흘러내렸다. 나는 모자를 갖고 있지 않았으므로 손수건으로 부채질을 했다.

그때 장의사 인부가 나에게 뭐라고 말을 했는데 나는 잘 듣지 못했다. 동시에 그 인부는 오른손으로 모자 차양을 들어올리고 왼손에 들고 있던 손수건으로 이마를 닦았다. 나는 그에게 말했다.

"뭐라고요?"

그는 하늘을 가리키며 되풀이했다.

"무던히 내리쬐는군요."

"그러네요."

조금 뒤에 그가 물었다.

"저분이 댁의 어머닌가요?"

나는 또 그렇다고 말했다.

"연세가 많으셨습니까?"

"그렇죠, 뭐."

나는 정확한 나이를 몰라서 그렇게 대답했다. 그러고 나서 그는 말이 없었다. 뒤를 돌아보니까, 50미터쯤 뒤에 페레 영감의 모습이 보였다. 손에 든 모자를 흔들거리면서 서두르고 있었다. 나는 눈을 돌려 원장을 보았다. 그는 필요 없는 몸짓은 전혀 하지 않았고 매우 점잖게 걷고 있었다. 이마 위에는 땀이 몇 방울 맺혀 있으나, 그것을 닦으려고 하지 않았다.

행렬이 조금 서두르는 듯이 보였다. 주위에는 한결같이 햇빛이 넘쳐서 눈부시게 빛나는 벌판이 보일 뿐이었다. 하늘에서 쏟아지는 빛이 참기 힘들었다. 우리는 최근에 새로 포장한 길에 들어섰다. 뜨거운 햇볕을 받아 아스팔트가 녹아서 갈라져 있었다. 발이 그 속에 푹푹 빠져들어 가서는, 타르의 번쩍거리는 살을 벌려놓은 것이었다. 영구차 위로 드러나 보이는 마부의 가죽모자는 마치 검은 진흙 반죽으로 이겨서 만든 것만 같았다. 푸르고 흰 하늘과 갈라진 아스팔트의 끈적거리는 검은 빛깔, 상복들의 우울한 검은 빛깔, 니스 칠한 영구차의 검은 빛깔 등 단조롭기만 한 빛깔들 사이에서 나는 정신이 좀 아득해졌다. 햇빛, 가죽 냄새, 영구차의 말똥 냄새, 니스칠 냄새, 향 냄새. 잠을 자지 못한 하룻밤의 피로, 그러한 모든 것이 내 눈과 머리를 어지럽게 만드는 것이었다. 나는 다시 한 번 뒤돌아보았다. 구름처럼 드리운 무더운 공기 속으로 페레 영감이 까마득하게 멀리 나타나 보이더니 그 다음에는 또 더 이상 보이지 않았다. 여기저기 찾아보니 그가 길을 벗어나 벌판을 가로질러 가는 것이 보였다. 동시에 나는, 길이 내 앞 저쪽에 가서 구부러져 있다는 것을 알아차렸다. 페레는 그 지방을 잘 아니까 우리를 따라잡으려고 지름길로 들어선 것임을 알 수 있었다. 길이 굽어진 곳에 이르자, 그는 우리와 만나게 되었다. 그러고는 또 보이지 않았다. 그는 다시 벌판을 가로질러 갔고, 그러기를 여러 차례나 되풀이했다. 나는 관자놀이에서 피가 뛰는 것을 느꼈다.

　그 다음에는 모든 것이 신속하고 확실하고 또 자연스럽게 진행되었으므로 내 기억에는 아무것도 남아 있지 않다. 다만 한 가지 기억에 남는 것은 마을 어귀에서 담당 간호사가 나에게 말을 한 것이다. 얼굴과는 어울리지 않는 야릇한, 매끄럽고 떨리는 목소리로 그녀는 말했다.

"천천히 가면 더위를 먹을 수 있어요. 하지만 또 너무 빨리 가면 땀이 나서 성당에서 춥답니다."

그 말이 맞았다. 어쩔 도리가 없었다. 이날 나는 몇 가지 광경이 잊히지 않는다. 마을 근처에서 마지막으로 우리를 따라잡았을 때 페레의 그 얼굴. 피로와 고통으로 굵은 눈물방울이 그의 뺨 위에 번득이고 있었다. 그러나 주름살 때문에 더 이상 흘러내리지는 않았다. 눈물방울은 그 일그러진 얼굴 위에 퍼졌다가 한데 모였다가 하며 니스칠을 해놓은 듯 번들거렸다. 그리고 또 성당, 보도 위에 서 있던 마을 사람들, 묘지 무덤들 위의 제라늄 꽃들, 페레의 기절(줄이 끊어진 꼭두각시처럼), 어머니의 관 위로 굴러 떨어지던 핏빛 같은 흙, 그 속에 섞이던 나무 뿌리의 하얀 살, 또 사람들, 목소리, 마을, 어느 카페 앞에서 기다리던 일, 끊임없이 도는 엔진 소리, 그리고 마침내 버스가 알제의 빛의 둥지 속으로 돌아왔을 때의, 그리하여 이제는 드러누워 12시간 동안 실컷 잘 수 있겠구나 하고 생각했을 때의 나의 기쁨, 그러한 것들이다.

2

깊은 잠에서 깨어나자 나는, 이틀 동안의 휴가를 청했었을 때 왜 사장이 그토록 못마땅한 기색을 보였는지 그 까닭을 알아차렸다. 오늘이 바로 토요일이기 때문이다. 여태껏 잊어버리고 있었는데, 자리에서 일어나면서 그 생각이 문득 떠오른 것이다. 사장은 자연히 내가 일요일까지 합쳐서 나흘 동안 쉬게 될 것을 생각했을 것이므로 탐탁하게 여겨졌을 리가 없다. 그러나 한편으로 생각해 보면 어머니의 장례식을 오늘 치르지 않고 어제 치른 것은 내 탓이 아니고, 토요일과 일요일은 본디 쉬는 날이다. 물론 그렇다고 사장의 심정을 이해할 수 없는 바도 아니다.

어제 일로 피곤했기 때문에 일어나기가 힘들었다. 면도를 하면서 오늘 무엇을 할까 하고 생각하다가 수영을 하러 가기로 했다.

전차를 타고 항구 해수욕장으로 갔다. 거기서 나는 곧장 바닷물 속으로 뛰어들었다. 젊은이들이 많았다. 물속에서 마리 카르도나를 만났다. 전에 같은 사무실에서 일하던 타이피스트인데 당시 나는 그녀에게 마음이 있었다. 그녀 역시 그런 것 같았다. 그러나 얼마 지나지 않아 그녀가 회사를 그만두어, 우리는 만날 시간이 없었던 것이다. 나는 그녀가 부표 위로 기어오르는 것을 거들어주었는데, 그러면서 그녀의 가슴에 손이 닿았다. 그러나 부표 위에 배를 깔고 엎드렸을 때, 나는 아직 물속에 있었다. 그녀는 나에게로 몸을 돌렸다. 눈 위로 머리카락이 흘러내린 채 웃고 있었다. 부표 위 그녀의 곁으로 기어올랐다. 날씨가 좋았다. 장난치는 척하고 머리를 뒤로 젖혀 그 여자의 배 위에 누웠다. 그녀가 아무 말도 하지 않기에, 그냥 그대로 하고 있었다. 온 하늘이 내 눈 속에 담겨지듯 보였는데, 푸른빛과 황금빛이 돌고 있었다. 목덜미 밑에서 나는 마리의 배가 천천히 오르락내리락하는 것을 느꼈다. 우리는 어렴풋이 선잠이 들어 오랫동안 그렇게 부표 위에서 가만히 있었다. 햇볕이 너무 뜨거워지자 마리가 물속으로 뛰어들었고 나도 그녀의 뒤를 따랐다. 그녀의 곁으로 따라가서 팔로 허리를 감고 함께 헤엄을 쳤다. 마리는 줄곧 웃고 있었다. 둑 위에서 몸을 말리고 있을 때, 그녀가 말했다.

"당신보다도 제가 더 그을렸네요."

나는 저녁에 영화를 보러 가지 않겠느냐고 물었다. 그녀는 웃으면서 페르낭델Fernandel (1903~1971. 프랑스 영화배우. 〈돈 카밀로〉 시리즈로 유명)이 나오는 영화를 보고 싶다고 말했다. 우리 둘이 옷을 다 입었을 때, 내가 검은 넥타이를 매고 있는 것을 보고 마리는 매우 놀란 듯이 상을 당했느냐고 물었다. 나는 어머니가 돌아가셨다고 대답했다. 언제 그런 일을 겪었는지 알고 싶어하기에 나는 "어제"라고 대답했다. 그녀는 흠칫 뒤로 물러섰으나, 아무 말도 하지 않았다. 그건 내 탓이 아니라고 말하고 싶었으나, 그런 소리를 사장에게도 한 일이 있었던 것을 생각하고 그만두었다. 그런 말을 해본 댔자 무의미한 일이었다. 어차피 사람이란 언제든지 잘못을 저지를 수 있으니까.

저녁때가 되자 마리는 모든 일을 다 잊어버렸다. 영화는 때때로 우습기도 했지만 정말 너무나 시시했다. 마리는 다리를 내 다리에 대고 있었다. 나는 그녀의 젖가슴을 어루만졌다. 영화가 끝날 무렵 키스한다는 것이, 서툴렀다. 영화관을 나와 그녀는 내 집으로 왔다.

내가 눈을 떴을 땐, 마리는 가버리고 없었다. 그녀는 자기 아주머니한테 간다고 했었다. 오늘이 일요일이라는 것에 생각이 미치자, 기분이 나빠졌다. 나는 일요일을 좋아하지 않는다. 그래서 침대로 돌아가 마리가 베게에 남긴 머리카락의 소금기 냄새를 더듬

다가 10시까지 자버렸다. 그러고는 여전히 침대에 누운 채 12시까지 담배를 피웠다. 나는 여느 때처럼 셀레스트네 식당에 가서 점심을 먹고 싶지는 않았다. 왜냐하면 틀림없이 식당사람들이 여러 질문들을 해 댈 텐데 그게 싫기 때문이다. 나는 달걀부침을 해서 접시에다 입을 대고 먹어치웠다. 빵이 떨어졌으나 사러 내려가기가 싫어서 빵은 참았다.

점심을 먹고 나니 좀 심심해져서 아파트 안을 어슬렁거렸다. 어머니가 계셨을 때는 알맞은 크기의 아파트였다. 그러나 지금의 나에겐 너무 커서 식당의 탁자를 내 방으로 가져다 놓을 수밖에 없었다. 나는 이제 이 방만 쓰며 약간 내려앉은 의자들과, 거울이 누렇게 변색된 옷장과 화장대와 구리 침대 사이에서 살고 있을 뿐이다. 그 나머지는 아무래도 좋았다. 잠시 뒤 무엇인가 해야겠기에 옛날 신문을 한 장 들고 읽었다. 거기서 크뤼셴 소금 광고를 오려서 낡은 공책에다 붙였다. 신문에서 재미있다고 생각한 기사를 거기에 모아둔 것이다. 나는 손을 씻고 마침내는 발코니에 나가 앉았다.

내 방은 변두리의 간선도로에 닿아 있다. 오후엔 날씨가 좋았다. 그러나 보도는 끈적끈적하고, 행인들은 드물고 걸음도 빨랐다. 먼저 산책 가는 가족들이 지나갔다. 바지가 무릎 밑까지 내려오는 해군복 차림으로, 뻣뻣하게 풀기를 먹인 옷 속에서 거북해 보이는 두 소년, 그리고 커다란 장밋빛 리본을 달고 에나멜 구두를 신은 소녀. 그 뒤로 밤색 비단옷을 입은 엄청나게 뚱뚱한 어머니와 아버지. 그 아버지는 키가 작고 비쩍 마른 사나이로, 얼굴만은 나도 알고 있었다. 그는 밀짚모자를 쓰고, 나비넥타이를 맸으며 손에는 지팡이를 짚고 있었다. 아내와 나란히 있는 그를 보니까, 나는 그 동네에서 사람들이 왜 그를 보고 점잖은 사람들이라고 하는지 알 수 있었다. 조금 뒤에 변두리 젊은이들이 지나갔다. 머리에는 기름을 번지르르하게 바르고, 붉은 넥타이에 허리를 몹시 잘록하게 조인 양복저고리를 입고, 수놓은 장식손수건을 꽂고, 코가 네모진 구두를 신은 차림이었다. 나는 그들이 시내로 영화를 보러 가는 길임을 짐작할 수 있었다. 그래서 그들은 그렇게 일찌감치 길을 떠나 큰 소리로 웃어대면서 전차를 타러 서둘러 가고 있는 것이었다.

그들이 지나간 뒤로는, 길에는 점점 인적이 드물어졌다. 아마 어딘가에 임시극장이라도 연 모양이었다. 이제 길에는 가게를 보는 주인들과 고양이들 밖에 없었다. 길가에 늘어선 무화과나무들 위로 보이는 하늘은 맑았으나 광채가 빠져 있었다. 맞은쪽 보도 위에 담배가게 주인이 의자를 문 앞에 내다 놓고, 등받이 위에 두 팔을 괸 채 거꾸로 타고 앉았다. 조금 전에는 터질 듯이 들어찼던 전차들도 지금은 거의 비어 있었다. 담배가게 옆 조그만 카페 '피에로'에서는 직원이 텅 빈 가게 안에 톱밥을 뿌려서 쓸고 있었다. 그야말로 일요일이었다.

나는 의자를 돌려서 담배가게 주인처럼 놓았다. 그것이 더 편하다고 생각되었기 때문이다. 담배를 두 대 피웠고 방 안으로 들어가 초콜릿을 한 조각 가지고 다시 창 앞으로 나와서 먹었다. 얼마 안 있어 하늘이 점점 어두워졌고, 나는 소나기가 오려나 보다 라고 생각했다. 그러나 하늘은 점점 개었다. 지나가는 구름이 비를 뿌릴 듯이 거리 위를 맴돌아 거리는 한층 더 어둑했다. 나는 오랫동안 하늘을 바라보고 있었다.

5시에 전차들이 소리를 내며 도착했다. 교외의 경기장으로부터, 발판이며 난간에까지 다닥다닥 매달린 구경꾼들을 다시 싣고 오는 것이었다. 그 다음 전차들은 운동선수들을 싣고 왔다. 손에 든 작은 가방으로 보아 그들이 운동선수인지 알 수 있었다. 그들은 자기네 팀은 결코 지지 않을 것이라고 목이 터지도록 고함치고 노래를 불렀다. 여러 명이 나에게 손짓을 했다. 그중 한 사람은, "우리가 이겼어요." 하고 나에게 소리치기까지 했다. 그래서 나는 머리를 끄덕여, '그렇군요'라는 표시를 했다. 그때부터 차들이 넘쳐났다.

해는 조금 더 기울어졌다. 지붕들 위로 하늘은 불그스름해지고, 땅거미가 지면서 길거리는 활기를 띠었다. 산보객들도 차츰 돌아오고 있었다. 그 무리들 속에 그 점잖다는 사람이 눈에 띄었다. 어린애들은 울거나 억지로 끌려 나오고 있었다. 곧 동네 영화관들이 구경꾼들의 물결을 길에 쏟아놓았다. 구경꾼들 가운데 젊은이들이 여느 때보다 더 단호한 몸짓을 하고 있는 것을 보고 나는, 액션 영화를 구경하고 나오는구나 하고 생각했다. 시내 영화관으로부터 돌아오는 사람들은 조금 뒤에 도착했다. 그들은 한결 심각해 보였다. 계속해서 웃고 있었으나, 이따금 지쳐서 꿈이라도 꾸는 듯했다. 그들은 맞은 쪽 인도 위에 남아서 왔다 갔다 했다. 동네의 젊은 아가씨들이 머리에 아무것도 쓰지 않은 채 서로 팔짱을 끼고 서 있었다. 청년들이 그녀들 옆을 일부러 지나쳐 가면서 농을 걸자 여자들은 고개를 돌리고 웃어댔다. 그중 내가 아는 몇몇 아가씨들은 나에게 인사를 했다.

그때 갑자기 가로등이 켜지며, 어둠 속에 떠오르던 첫 별빛들을 희미하게 했다. 그처럼 온갖 사람들과 빛이 가득한 보도를 바라보고 있자니, 나는 눈이 피로해지는 것을 느꼈다. 가로등은 젖은 보도를 비추고, 전차들은 일정한 간격을 두고, 빛나는 머리털, 웃음을 띤 얼굴, 혹은 은팔찌 위에 불빛을 던지는 것이었다. 조금 뒤에 전차들이 점점 뜸해지고 벌써 캄캄해진 밤이 나무들과 가로등 위에 내려앉게 되면서 거리는 어느새 텅 비고, 고양이 한 마리가 인기척 하나 없는 거리를 천천히 가로질러 갔다. 그제야 나는 저녁을 먹어야겠다고 생각했다. 오랫동안 의자 등받이에 턱을 괴고 있었기 때문에 목이 좀 아팠다. 빵과 밀가루 식료품을 사가지고 올라와서, 요리를 해서 선 채로 먹었다. 창 앞으로 가서 담배를 한대 피우려 했으나, 공기가 싸늘해서 좀 추웠다. 나는 창문을 닫았고, 방 안으로 돌아오다가 거울 속에 알코올램프와 빵조각이 나란히 놓여 있는 테이블 한 끝이 비치는 것을 보았다. 일요일이 또 하루 지나갔고, 어머니의 장례식도 이제는 끝났다. 나는 다시 일을 시작해야 할 것이고, 결국 아무것도 변한 것이 없다고 생각했다.

3

나는 오늘 회사에서 일을 많이 했다. 그랬더니 사장은 친절하게 대해 주었다. 그는 나에게 너무 피곤하지 않은지 물었고, 어머니의 나이도 물었다. 나는 틀리게 대답하지 않으려고, "한 육십 되었습니다."라고 말했는데 왜 그런지는 알 수 없었으나, 사장은 안심이라는 듯한, 그리고 이미 끝난 일이라고 생각하는 듯한 눈치였다.

내 책상 위에는 산더미처럼 쌓인 선하증권船荷證券이 있었는데, 그걸 모두 자세하게 검토해봐야 했다. 점심을 먹기 위해 사무실을 나오기 전에 손을 씻었다. 정오의 이 시간이 가장 좋았다. 저녁때는 회전식 수건이 완전히 젖어 있어서 이정도로 좋지는 않았다. 온종일 사용된 것이기 때문이다. 어느 날 나는 사장에게 그 점을 지적한 적이 있었다. 사장의 대답은, 자기도 그것을 유감스럽게 생각하지만 그것은 사소한 문제에 지나지 않는다고 대답했다. 나는 조금 늦은 12시 반에, 발송과에 근무하고 있는 에마뉘엘과 함께 밖으로 나왔다. 사무실은 바다로 향해 있어서, 우리는 잠시 햇볕이 이글이글 내리쬐는 항구의 화물선들을 바라보느라 한순간 멍했다. 바로 그때 화물차 한 대가 쇠사슬 소리와 폭발음을 요란스럽게 내면서 달려왔다. 에마뉘엘이 나에게, "탈까?" 묻기에 나는 달음박질치기 시작했다. 자동차가 우리를 지나쳐 버렸고, 우리는 뒤를 쫓아 돌진했다. 나는 소음과 먼지 속에 휩싸였다. 내 눈에는 아무것도 보이지 않고, 다만 크레인이나 기계들, 수평선 위에서 춤추는 돛대, 우리 옆을 지나치는 선체 따위들 한가운데로 그저 마구 달리는 육체의 약동을 느낄 뿐이었다. 내가 먼저 달리는 차에 발을 붙이고 매달려가면서 뛰어올랐다. 그러곤 에마뉘엘이 기어올라 앉는 것을 거들어주었다. 우리는 숨이 턱 끝에 닿아 있었고, 자동차는 부두의 고르지 못한 보도 위로, 먼지가 자욱한 햇빛 속을 덜컥거리며 달렸다. 에마뉘엘은 숨이 넘어가도록 웃어댔다.

우리는 땀에 흠뻑 젖은 채 셀레스트네 식당에 이르렀다. 언제나 다름없이, 흰 수염을 기른 셀레스트는 뚱뚱한 배에 앞치마를 두른 채 거기에 있었다. 그는 나에게 잘 지내냐고 물었다. 나는 그렇다고 하면서 곧바로 배가 고프다고 말했다. 나는 얼른 먹고 나서 커피를 마셨다. 그러고 나서 집으로 돌아와, 포도주를 너무 많이 마셨던 탓에 잠을 좀 잤다. 잠에서 깨니 담배를 피우고 싶었다. 늦었기 때문에 전차를 타러 뛰어갔다. 오후 내내 일을 했다. 사무실 안은 몹시 더웠다. 그래서 저녁에 퇴근해 부둣가를 천천히 걸으며 돌아오는 것이 즐거웠다. 하늘은 초록빛이었고 나는 기분이 좋았다. 그래도 삶은 감자요리를 해먹고 싶어서 바로 집으로 왔다.

컴컴한 계단을 올라가다가, 나와 같은 층에 사는 살라마노 영감과 부딪쳤다. 영감은 개를 데리고 있었다. 8년 전부터 영감과 개는 늘 함께 있었다. 그 스패니얼 개(보기에 붉은 털인데)는 피부병에 걸려 털이 거의 다 빠지고 온몸이 반점과 갈색의 딱지투성이가 되어 있었다. 그 개와 단둘이 조그만 방에서 오랫동안 살았기 때문에, 결국 살라마노 영감은 개의 모습을 닮고 말았다. 그의 얼굴에도 불그스름한 딱지가 있고, 털은 누렇고 드문드문하다. 개도 그의 주인에게서 코를 앞으로 내밀고 목을 뻗는 식의 구부정한 자세를 배웠다. 그들은 아무래도 동일한 족속 같은데, 서로를 미워했다. 하루에 두 번씩, 11시와 오후 6시에 영감은 개를 데리고 산책을 나선다. 8년 전부터 그들은 한 번도 산책 경로를 바꾼 적이 없다. 언제나 리용 길거리에서 그들을 볼 수 있는데, 개가 늙은이를 끌고 간다. 이따금 살라마노 영감은 발에 걸려 넘어지고 만다. 그러면 영감은 개를 때리고 욕지거리를 하는 것이다. 개는 무서워서 설설 기며 끌려간다. 이번에는 영감이 개를 끌고 갈 차례다. 개는 그것을 잊어버리고 다시금 앞서서 주인을 끌어당기면 또 매를 맞고 욕을 먹는다. 그때는 둘 다 멈춰 서서 개는 공포에 차서 떨고, 주인은 증오에 차서 서로 노려본다. 매일 그 모양이다. 개가 오줌을 싸고 싶어해도, 영감이 그럴 시간을 주지 않고 끌어당기니까, 스패니얼 개는 오줌 방울을 찔끔찔끔 흘리면서 따라간다. 어쩌다가 개가 방 안에서 오줌을 싸면 또 매를 맞는다. 그러면서 벌써 8년이나 계속된 것이다. 셀레스트는 늘 '가엾다'고 말하지만 사실은 아무도 모른다. 내가 계단에서 그를 만났을 때, 살라마노는 개에게 욕지거리를 퍼붓는 중이었다.

"빌어먹을 놈! 망할 자식!"

그는 야단을 치고, 개는 끙끙거리고 있었다.

"안녕하십니까?"

내가 인사를 하였으나, 영감은 그냥 욕지거리를 계속하고 있었다. 그래서 나는 개가 무슨 잘못을 저질렀느냐고 물었다. 대답이 없었다. 영감은 다만, "빌어먹을 놈! 망할 자식!" 하고 말할 뿐이었다. 그 개 위로 몸을 굽히고 있었는데 목걸이 속의 무엇인가를 고쳐주고 있다는 것을 짐작할 수 있었다. 나는 목소리를 좀더 높여서 말해보았다. 그제야 그는 고개도 돌리지 않고, 북받치는 역정을 억지로 삼켜버리듯이 대꾸했다.

"이놈이 그래도 버티고 있어."

그러고는 개를 잡아 끌고 가버렸다. 개는 네 발로 버틴 채 끌려가면서 끙끙거리고 있었다.

마침 그때, 나와 같은 층에 사는 또 다른 이웃 사람이 들어왔다. 동네에서는 그가 여자들을 등쳐먹고 산다고들 한다. 그러나 그에게 직업이 무어냐고 물어보면 그는 '창고 감독'이라고 했다. 대다수가 그를 좋아하지 않았다. 그러나 그는 자주 나에게 말도 걸고, 가끔은 내가 그의 말을 들어주는 탓으로 내 방에 잠깐 들어와 앉는 일도 있다. 그의 이야기는 상당히 재미있다. 게다가 그와 말을 하지 않을 이유는 없다. 그의 이름은 레몽 생테스라고 한다. 키는 꽤 작고 어깨는 딱 벌어지고 코는 마치 권투선수의 코 같다. 옷차림은 언제나 매우 반듯하다. 그 역시 살라마노의 이야기를 하며,

"참 가엾기 짝이 없어요!"

하고 말했다. 그 꼴을 보면 싫지 않느냐고 묻기에, 나는 그렇지 않다고 대답했다.

계단을 다 올라와서 막 헤어지려 할 때 그가 나에게 말했다.

"우리집에 소시지와 포도주가 있는데, 같이 좀 드시지 않겠어요?"

나는 끼니를 준비하는 수고를 덜 수 있을 것 같아 승낙하였다. 그의 집도 방은 하나밖에 없는데, 창문 없는 부엌이 딸려 있다. 그

의 침대 위 벽에는 흰색과 분홍색 석회로 만든 천사 석고상과 운동선수들의 사진과 여자의 나체 사진이 두서너 장 걸려 있다. 방은 더럽고 침대는 어질러져 있었다. 그는 먼저 석유램프를 켠 다음, 호주머니에서 상당히 지저분한 붕대 하나를 꺼내어 오른손을 싸매었다. 내가 그에게 왜 그러냐고 물었더니, 어떤 녀석이 시비를 걸어서 그 녀석과 싸움을 했다고 했다.

"그건 말입니다, 뫼르소 선생."

그가 말했다.

"내가 나빠서가 아니라 단지 참지 못해서일 뿐이죠. 그 녀석이 나에게 하는 말이, '사나이면 전차에서 내려와라' 그러더란 말이에요. 나는 '이봐, 잠자코 있지' 하고 말했지요. 녀석이 나더러 사나이답지 못하다고 합디다. 그래서 나는 내려가서 말했어요. '그만해두는 게 너한테 좋을걸. 그렇지 않으면 본때를 보여줄 테니.' '본때는 무슨 본때야?' 하고 녀석이 대꾸를 하더군요. 그래서 한 대 갈겼지요. 그랬더니 나자빠지더군요. 일으켜 주려고 했어요. 그런데 녀석이 땅에 자빠진 채 발길질을 하는 거예요. 무릎다짐을 한 번하고 두어 번 쐐기질을 했지요. 녀석의 얼굴은 피투성이였어요. 내가 그 녀석에게 '맛 좀 봤느냐'고 물었죠. '그렇다'고 하더군요."

그런 말을 하면서 생테스는 줄곧 붕대를 감고 있었다. 나는 침대 위에 앉아 있었다. 그는 다시 말을 이었다.

"내가 싸움을 건 게 아니었어요. 그 녀석이 버릇없이 굴다가 그랬던 겁니다."

사실이었다. 나는 그것을 인정했다. 그러자 그는 마침 나에게 그 사건에 관해서 충고를 구하고 싶었다면서, 나는 사나이다운 데다 세상물정을 잘 알테니 자기를 도와줄 수 있으리라며, 그래준다면 자기가 내 친구가 되겠다고 했다. 내가 아무런 대답도 하지 않자, 그는 다시 나에게 자기와 친구가 되고 싶으냐고 물었다. 내가어느 쪽이든 상관없다고 말했더니 만족해하는 눈치였다. 그는 소시지를 꺼내어 화덕에다가 굽고는 컵, 접시, 포크 따위와 술 두 병을 늘어놓았다. 그러는 동안 그는 아무 말도 없었다. 우리는 자리에 앉았다. 먹으면서 그는 자기 이야기를 시작했다. 처음에는 약간 망설였다.

"어떤 여자를 내가 알게 되었는데…… 그러니까 내 정부였어요."

그와 싸움을 한 사나이는 그 여자의 오빠였다. 여자의 살림을 그가 꾸려주었다는 말도 했다. 내가 아무 말도 하지 않자, 바로 동네 사람들이 자기를 뭐라고들 말하는지 알고 있지만 양심의 가책을 받을 일은 조금도 없고 진짜 창고 감독이라고 덧붙였다.

"아까 얘기로 돌아가자면," 그가 말했다. "내가 속고 있었다는 사실을 알게 되었어요."

그는 여자에게 꼭 먹고살 만큼만 대주고 있었다는 것이었다. 손수 여자의 방세를 치러주고, 식비로 하루에 20프랑씩 주고 있었다.

"방세가 300프랑, 식비가 600프랑, 이따금 양말도 사주고, 그래서 한 1천프랑 들었습니다. 그런데 일도 하지 않고 내게 한다는 소리가, 그걸로는 너무 빠듯해서 내가 대주는 것으로는 도저히 생활할 수가 없다는 거였어요. 그렇지만 나는 이렇게 말했어요. '왜 반나절만이라도 일을 안 하지? 그러면 온갖 자잘한 비용 부담이 줄어들겠는데. 이달에 옷도 한 벌 사주었고, 하루에 20프랑씩 용돈도 주고 방세도 치러줬잖아. 그런데도 당신은 오후에 친구들과 커피만 마셔. 당신 친구들에게 커피와 설탕을 내바치는 건 당신이지만, 돈은 내가 내. 난 당신에게 잘해주었는데, 당신은 내게 제대로 보답하고 있지 않아.' 그래도 일을 하지 않고, 생활할 수가 없다는 소리만 해대는 거였어요. 그러던 끝에 내가 속고 있었다는 사실을 알게 된 겁니다."

그는 여자의 핸드백 속에서 복권 한 장을 발견했는데, 여자는 그것을 어떻게 샀는지 설명하지를 못했다는 이야기를 차례대로 했다. 얼마 지나지 않아 여자의 방에서 팔찌 두 개를 잡혔다는 증거로 전당표 한 장을 발견했다. 그때까지 그는 그 팔찌들이 있는 것조차 몰랐다.

"나는 속고 있었다는 것을 확실히 알았어요. 그래서 그 여자와 관계를 끊었습니다. 나는 우선 그년을 두들겨 패고, 사실대로 죄다 이야기를 했습니다. 네까짓 건 그걸 가지고 노는 것밖엔 바라지 않는 넌이라고 말해주었지요. '넌 몰라. 내가 너한테 주는 행복을 세상 사람들이 부러워하고 있다는 걸 말이야. 좀 있으면 지난날의 행복을 알게 될 테니, 두고 봐'라고 말해줬답니다. 뫼르소 씨."

그는 피가 나도록 여자를 때렸다. 그전에는 그 여자를 때린 일이 없었다는 것이다.

"손찌검은 했지만 말하자면 살살 했던 셈이지요. 그러면 그년은 우는소리를 했지요. 나는 덧문을 닫아버리고 결국은 늘 마찬가지로 끝나버리곤 했어요. 그렇지만 이번엔 웃어넘길 일이 아니었어요. 게다가 나로서는 그년에게 벌을 속 시원히 다 주지 못했거든요."

그러더니 그는 나에게, 그래서 충고가 필요한 것이라고 설명했다. 그러고는 그가 그을음이 나는 램프의 심지를 조절하느라고 말이 중단되었다. 나는 줄곧 그의 이야기를 듣고 있었다. 포도주를 거의 1리터나 마셨기 때문에 관자놀이가 몹시 달아올랐다. 내 담배가 떨어져서 레몽의 담배를 피웠다. 마치 막 전차들이 지나가며, 변두리의 소리도 이제 멀어져 갔다. 레몽은 이야기를 계속했다. 난처한 일은, '아직도 그 여자에게 미련이 남아있다는 것'이었다. 그렇지만 혼을 내주어야겠다고 했다. 먼저 그는 계집을 호텔로 데려다놓고, '풍기단속반'을 불러다가 추문을 일으켜서 계집을 기록대장에 오르게 할 생각이었다. 그 다음으로는 그의 뒷골목 친구들에게도 이야기를 했지만, 그들은 별로 좋은 방법을 가르쳐 주지 못했다. 사실 레몽이 나에게 말한 것처럼, 뒷골목의 위인들이 그런 것 하나쯤 몰라서야 말이 아니었다. 레몽이 그런 말을 하니까 그들은 여자에게 '낙인'을 찍어버리면 어떠냐고 했다. 그러나 그것은 그가 원하지 않았다. 그는 좀더 잘 생각해봐야겠다고 했다. 그러나 먼저 나에게 한 가지 묻고 싶은 것이 있는데, 그것을 물어보기 전에, 그 이야기를 내가 어떻게 생각하는지 알고 싶어했다. 나는, 별 생각은 없지만, 재미있는 이야기라고 대답했다. 그가 자기가 속고 있었다고 생각하느냐고 묻기에, 내가 봐도 과연 속고 있었던 것 같다고 말했다. 그 여자를 혼내주어야 한다고 생각하느냐, 그렇다면 나 같으면 어떻게 하겠느냐는 물음에 나는, 어떻게 할는지는 알 수 없으나 그가 여자를 혼내주겠다는 기분은 이해할 수 있다고 대답했다. 나는 또 포도주를 약간 마셨다. 그는 담배에 불을 붙이고나서 자기의 생각을 털어놓았다. 그는 여자에게 '발길로 차버리는 듯이, 그러나 동시에 여자가 뭔가 뉘우치게 하려고' 쓴 편지를 보내겠다는 것이었다. 그래서 여자가 돌아오면, 그때는 여자와 함께 잠자리에 들고는 '바로 끝나갈 무렵에' 여자의 낯짝에다 침을 뱉어주고는 밖으로 내쫓아버린다는 것이었다. 나도, 그렇게 하면 정말 여자는 벌을 받는 것이라고 여겨졌다. 그러나 레몽은 말하기를, 자기는 적절한 편지를 쓸 수가 없을 것 같아서, 편지 내용을 작성하는 일을 나에게 부탁할까 생각한 것이라 했다. 내가 아무 대답도 하지 않고 있으려니 그는 나에게, 지금 당장 그 편지를 쓰는 것은 귀찮겠느냐고 물었고 나는 그렇지 않다고 대답했다.

그러자 그는 포도주를 한 잔 마시더니 일어서서, 접시들과 먹다 남은 소시지를 옆으로 밀어놓았다. 그러더니 탁자의 방수포를 정성스럽게 닦았다. 그러고는 라이트테이블 서랍에서 방안지 한 장과 노란 봉투, 붉은 나무로 된 작은 펜과 보랏빛 잉크가 든 네모진 병을 꺼냈다. 그가 말하는 여자의 이름을 들어보니, 무어인 Mauresque (무어 여인. 무어인은 서사하라 주민. 베르베르인, 아라비아인, 흑인의 혼혈. 일반적인 회교도를 가리키는 데 사용되기도 한다)이었다. 나는 편지를 썼다. 그냥 되는 대로 쓰기는 했지만, 그래도 레몽이 만족하도록 애썼다. 왜냐하면 내게는 레몽의 마음에 들지 않아야 할 아무런 이유도 없었기 때문이다. 그리고 큰 소리로 편지를 읽었다. 그는 담배를 피우며 머리를 끄덕거리면서 듣고 있더니, 다시 한 번 더 읽어달라고 청하였다. 그는 매우 마음에 들어했다. "자넨 세상 물정에 밝다는 것을 나는 알고 있었어." 그가 말했다. 처음엔 그가 나에게 자네라고 말하고 있는 것을 알아차리지 못했으나, "이젠 자넨 내 친구야" 하고 그가 말했을 때에야 나는 비로소 그 말에 놀랐다. 그는 거듭 그렇게 말했고, 나도 역시 "그렇지" 하고 대답했다. 그의 친구가 된다 해도 내겐 상관없는 일이었고, 그는 정말로 나와 친구가 되고 싶은 모양이었다. 그가 편지를 봉하고, 우리는 포도주를 다 마셨다. 그러고는 잠시 서로 말없이 담배만 피웠다. 밖은 쥐죽은 듯이 고요했고 미끄러지듯 지나가는 자동차 소리가 들렸다. "늦었군." 하고 나는 말했다. 레몽도 그렇다고 생각하는 모양이었다. 그는 시간이 빨리 간다고 말했는데, 어떤 의미에서 이건 사실이었다. 나는 졸렸는데 일어서기가 힘들었다. 내가 피곤하게 보였던지, 레몽은 나에게 자포자기하면 안 된다고 말했다. 처음엔 무슨 말인지 알아차리지 못했다. 그러자 그는 나에게 엄마가 세상을 떠났다는 소식을 들었다면서, 그러나 그것은 어차피 한번은 당해야 할 일이라고 설명했다. 내 의견도 마찬가지였다.

나는 일어섰다. 레몽은 굳게 나의 손을 움켜쥐고, 사나이끼리는 언제나 이해할 수 있는 것이라고 말했다. 그의 방을 나서자 나는 문을 닫고 어둠 속의 계단참에 잠시 서 있었다. 집 안은 고요하고, 깊숙한 계단 밑으로부터 으스스하고 습한 바람이 올라오고 있었다. 귓전에 맥박이 뛰는 소리가 들렸다. 나는 그냥 우두커니 서 있었다. 살라마노 영감 방에서 개가 나직이 끙끙거리는 소리가 들려왔다.

4

일주일 동안 나는 일을 많이 했다. 레몽이 와서 편지를 보냈노라고 말했다. 에마뉘엘과 함께 영화 구경을 두 번 갔었는데, 그가 스크린 위에서 무슨 일이 일어나는지 이해하지 못해 설명을 해주어야 했다. 어제는 토요일이라 약속했던 대로 마리가 찾아왔다. 나는 그녀에게 몹시 정욕을 느꼈다. 마리가 붉고 흰 줄무늬가 있는 아름다운 옷을 입고 가죽 샌들을 신고 있었기 때문이다. 탄력 있어 보이는 젖가슴이 완연히 드러나 보이고, 햇볕에 그을려 갈색이 된 얼굴이 꽃처럼 아름다웠다. 우리는 버스를 타고, 알제에서 수 킬로미터 떨어진, 좌우에 바위가 솟고 육지 쪽으로는 갈대가 우거진 바닷가로 나갔다. 4시의 태양은 그리 뜨겁지는 않았으나 물은 미지근하고, 길게 퍼진 작은 물결이 나른하게 넘실거리고 있었다. 마리가 놀이를 한 가지 가르쳐주었다. 헤엄을 치며 물결 등성이에서 물을 들이마셔 입속에 거품을 가득 채운다음 반듯이 누워서 하늘을 향하여 그것을 내뿜는 것이다. 그러면 물거품 레이스가 되어서 공중으로 사라지기도 하고 미지근한 보슬비처럼 얼굴위로 떨어지기도 하는 것이었다. 그러나 얼마 지나지 않아 입속이짠 소금기 때문에 얼얼하였다. 그러자 마리가 다가와 물속에서 나에게 달라붙었다. 마리는 자기의 입술을 나의 입에 갖다 대었다. 그녀의 혀가 내 입술에 산뜻하게 닿았다. 잠깐 우리는 물결 속을뒹굴었다.

바닷가로 나와서 옷을 갈아입을 때, 마리는 빛나는 눈길로 나를바라보았다. 나는 그녀에게 키스를 해주었다. 그때부터 우리는 아무 말도 하지 않았다. 나는 그녀를 꼭 안고서 급히 버스를 잡아타고 돌아왔다. 우리는 방 안으로 들어서자 곧장 침대 속으로 뛰어들었다. 창문을 열어두었었는데 여름밤이 우리의 갈색으로 그을린 몸 위로 흘러 들어오는 것을 느낄 수 있어 상쾌했다.

오늘 아침엔 마리가 가지 않고 있어서, 나는 점심을 같이 먹자고 했다. 나는 고기를 사러 마을에 내려갔다. 방으로 돌아올 때, 레몽의 방에서 여자 목소리가 들려왔다. 조금 뒤에는 살라마노 영감이 개를 꾸짖는 소리가 들렸다. 나무 계단 위에서 구두창 소리와 개가 발톱으로 긁는 소리가 나더니, 이윽고 "빌어먹을 놈, 망할 자식!" 하는 소리가 들려왔고, 그들은 길가로 나가버렸다. 영감의 이야기를 마리에게 해주었더니, 마리는 웃었다. 그녀는 내파자마를 입고 소매를 걷어올리고 있었다. 그녀가 웃었을 때, 나는 또 정욕을 느꼈다. 조금 뒤에 마리는 나에게 자기를 사랑하느냐고 물었다. 그런 것은 아무 의미도 없는 말이지만, 사랑하고 있는 것 같지는 않다고 나는 대답했다. 마리는 슬픈 표정을 지었다. 그러나 점심을 준비하면서 아무것도 아닌 일에 또 웃어댔으므로, 나는 키스를 해주었다. 바로 그때 레몽의 방에서 말다툼 소리가 터져나왔다.

먼저 들려온 것은 여자의 날카로운 비명 소리였다. 이어서 레몽의 목소리가 들렸다.

"요년이 나를 곯려먹으려고 했겠다. 나를 곯려먹으면 어떻게 되는지 가르쳐주지."

둔탁한 소리가 나더니 여자가 비명을 질렀다. 그 비명이 어찌나 날카로운지 계단참에 곧 사람들이 가득 모여들었다. 마리와 나도 밖으로 나갔다. 여자는 여전히 소리를 지르고, 레몽은 여전히 때리고 있었다. 마리는 끔찍하다고 말했지만, 나는 아무 대답도 하지 않았다. 그녀는 나에게 경찰을 불러오라고 했지만, 나는 경찰이 싫다고 말했다. 그러나 3층에 세들어 사는 납땜장이와 함께 경찰 한 사람이 들어왔다. 경찰이 문을 두드렸으나 이젠 아무 소리도 들리지 않았다. 더 크게 두드리자, 곧 여자의 울음소리가 들리고, 레몽이 문을 열었다. 그는 입에 담배를 물고 시치미를 뗐다. 여자는 문으로 뛰어나와 경찰에게 레몽이 때렸다고 말했다.

"이름이 뭐야?"

경찰이 물었다.

레몽은 대답했다.

"말할 때는 입에서 담배를 빼."

경찰이 말했다.

레몽은 망설이고 나서 나를 바라보더니 담배를 빨아들였다. 그러자 경찰은 레몽의 면상에다 힘껏 두껍고 무거운 손바닥으로 따귀를 한 대 올려붙였다. 담배가 몇 미터 떨어진 곳까지 날아갔다. 레몽은 안색이 변했으나 당장에는 아무 말도 하지 않았다. 그러더니 공손한 목소리로, 꽁초를 주워도 좋으냐고 물었다. 경찰은 그러라고 하면서 덧붙여 말했다.

"그러나 다음부터는 경찰이 허수아비가 아니라는 걸 알아두라고."

그동안 여자는 줄곧 울면서 되풀이했다.

"날 때렸어요. 이놈은 포주예요."

"경관 나리. 남자에게 포주라는 말을 해도 된다는 법이 있습니까?"

이번에는 레몽이 물었다.

그러나 경찰은 그에게 닥치고 있으라고 호통을 쳤다. 그러자 레몽은 여자에게로 고개를 돌리고는 말했다.

"두고 봐, 요년아. 다시 만날 날이 있을 테니."

경찰은 레몽에게 닥치라고 한 다음, 여자는 가도 좋고, 레몽은 방으로 들어가 경찰서에서 소환할 때까지 기다려야 한다고 말했다. 그는 또 레몽에게, 그렇게 몸이 떨리도록 술에 취했으면 부끄럽게 생각해야 할 노릇이라고 말했다.

그 말을 듣자 레몽이 설명을 했다.

"경관 나리, 저는 취하지 않았습니다. 그저 나리님 앞에 서 있으니 떨릴 뿐이지. 별도리가 없잖습니까?"

그는 문을 닫아버렸고, 구경꾼들도 모두 흩어졌다. 마리와 나는 점심 준비를 끝마쳤다. 그러자 그녀는 먹고 싶은 생각이 사라졌다기에 내가 혼자서 거의 다 먹었다. 마리는 1시에 갔고 나는 조금 잠을 잤다.

3시쯤 문 두드리는 소리가 나더니, 레몽이 들어왔다. 나는 누워 있었다. 그는 내 침대 가에 앉았다. 그는 한동안 말이 없었다. 나는 그의 일이 어찌되었는지 물었다. 그는 말하기를, 계획대로 했었는데 여자가 따귀를 때려 두들겨 패준 것이라고 했다. 그 뒤의 일은 내가 목격한 대로였다. 이제는 여자가 혼이 났으니까, 당신도 만족해야 한다고 말하자 그의 의견도 역시 그렇다는 것이었다. 그리고 그는, 제아무리 경찰이 뭐라고 해보았댔자 여자가 이미 맞은 매를 어떻게 할 수는 없으리라는 점을 지적했다. 그는 또 덧붙여서, 자기는 경찰들이 어떤 사람들인지를 알고 있으므로 그들을 어떻게 다뤄야 하는 것인지 알고 있다고 말했다. 그러고는 경찰이 따귀를 올려붙인 것에 자기가 응수할 것을 기대하고 있었느냐고 나에게 물었다. 나는 전혀 기대하지 않았고, 경찰을 싫어한다고 말했다. 레몽은 매우 만족한 눈치였다. 함께 나가지 않겠느냐고 하기에, 일어나서 머리를 빗기 시작했다. 그때 그는 나더러 그의 증인이 되어 주어야겠다고 말했다. 아무래도 상관없었지만, 무슨 말을 해야 좋을지 몰랐다. 레몽 말에 의하면, 여자가 그를 배신했다고 말하기만 하면 된다는 것이었다. 나는 그의 증인이 되기를 승낙했다.

우리는 밖으로 나갔다. 레몽이 내게 브랜디를 한 잔 사주었다. 그러고는 당구를 한 판 쳤는데, 나는 아깝게 졌다. 그 다음에 그는 여자를 사자고 했으나, 나는 그런 것을 좋아하지 않는 까닭에 싫다고 했다. 그리하여 우리는 천천히 집으로 돌아왔는데, 레몽은 계집을 혼내주는 데 성공한 것을 얼마나 만족스럽게 여기고 있는지를 말했다. 그가 내게 다정스럽게 대해주는 것 같았고, 나는 즐거운 한때라고 생각했다.

멀리서부터 나는 입구 문턱에서 흥분한 듯한 표정으로 서 있는 살라마노 영감을 알아보았다. 가까이 가보니 그는 개를 데리고 있지 않았다. 그는 이리저리 사방을 둘러보고 빙글빙글 돌고, 컴컴한 복도를 들여다보면서 두서없는 말을 중얼거렸고, 충혈된 작은 눈으로 몇 번이나 두리번거리며 길을 훑어보는 것이었다. 레몽이 그에게 무슨 일이 있었느냐고 물어도 곧 대답을 하지 않았다.

"빌어먹을 놈! 망할 자식!" 중얼거리는 소리만이 어렴풋이 들렸다. 그리고 노인은 계속해서 어쩔 줄 모르고 서성거렸다. 개는 어디 있느냐고 내가 물으니까 불쑥, 없어졌다고 했다. 그러더니 갑자기 수다스럽게 이야기를 늘어놓았다.

"여느 때처럼 연병장에 데리고 갔었다오. 노점들 근처에 사람들이 많이 있었어요. 잠시 멈춰서 '탈주왕脫走王'이란 간판이 붙은 것을 보고 가려니까, 그놈은 이미 없었어요. 물론 오래전부터 좀 작은 목걸이를 사주려고 생각하고 있었지만, 그 빌어먹을 놈이 그렇게 도망쳐 버리리라고는 꿈에도 생각하지 않았어요."

그러자 레몽이, 개는 아마 길을 잃어버렸을지도 모르니까 언젠가는 돌아올 것이라고 설명했다. 그는 주인을 다시 만나려고 수십 킬로미터나 걸어온 개가 있었다는 예까지 들었다. 그랬는데도 영감은 더욱 흥분할 뿐이었다.

"그렇지만 잡혀가고 말 거라고요. 누가 그걸 데려다 돌봐 준다

면 또 모르지만, 그럴 리는 없을 거요. 그렇게 헐고 딱지투성이인
데 어디 좋아할 사람이 있을라고. 경찰들이 잡아가고 말 겁니다.
틀림없어요."

그래서 나는 그에게 경찰서의 개 보호소로 가보는 것이 좋으리
라는 것과, 수수료를 얼마쯤 내면 찾을 수 있으리라는 것을 말해
주었다. 영감은 그 수수료의 액수가 많으냐고 물었으나, 나는 그
것은 알지 못했다. 그러자 영감은 화를 내며 욕설을 퍼붓기 시작
했다.

"그 빌어먹을 놈 때문에 돈을 내다니. 아아, 뒈져버리라지!"

레몽은 웃으며 집으로 들어갔다. 나도 그의 뒤를 따랐고 우리는
이층 계단참에서 헤어졌다. 얼마 지나지 않아 영감을 발소리가 나
더니 그가 내 방문을 두드렸다. 문을 열어 주니까, 그는 잠시 문간
에 멈춰 서서 말했다.

"실례합니다, 미안해요."

안으로 들어오라고 권했으나, 그는 들어오려 하지 않았다. 그는
구두 끝만 내려다보고 있었는데, 그의 딱지투성이인 손이 떨리고
있었다. 고개를 들지 않은 채 그는 나에게 물었다.

"개를 빼앗진 않겠지요, 뫼르소 선생? 돌려주겠죠? 그렇지 않
으면 난 어떻게 될까요?"

개 보호소에는 주인이 찾아갈 수 있도록 사흘 동안 개를 보호하

는데, 사흘이 지나면 적당히 처분해버린다고 나는 그에게 일러주었다. 그는 아무 말 없이 나를 쳐다보았다. 그러고는 말했다.

"안녕히 주무세요."

그가 자기 방으로 돌아가 방문을 닫고 방 안에서 왔다 갔다 하는 소리가 들렸다. 그의 침대가 삐걱거렸다. 그러고는 벽을 통해서 조그맣게 들려오는 괴상한 소리로 나는 그가 울고 있다는 것을 알았다. 왜인지는 모르겠지만, 나는 어머니를 생각했다. 그러나 이튿날 아침에는 일찍 일어나야 한다. 별로 배가 고프지 않았으므로 나는 저녁도 먹지 않고 잤다.

5

레몽이 회사로 나에게 전화를 했다. 그의 친구 한 사람이(그 친
구에게 내 이야기를 했다는 것이었다) 알제 근처의 조그만 별장으로 와
서 일요일 하루를 지내도록 나를 초대한다는 말이었다. 물론 나는
좋지만, 사실 그날 여자친구와의 약속이 있다고 대답했다. 그러자
곧 레몽은 그 여자친구도 같이 오라는 것이었다. 그 친구의 부인
은, 온통 남자들뿐이라고 여자라곤 자기 혼자뿐이기 때문에 매우
좋아하리라고 했다.

밖에서 전화가 걸려오는 것을 사장이 좋아하지 않기 때문에 나
는 곧 수화기를 놓으려고 했다. 그러나 레몽은 조금 기다리라고
하더니, 이 초대에 대한 이야기는 저녁에라도 전할 수 있었겠
지만, 그보다도 다른 일을 얘기하고 싶다고 했다. 그는 하루 종일 정

부의 오라비가 낀 한 패의 아랍 사람들에게 미행을 당했다는 것이다. 그러면서 이렇게 말했다.

"오늘 저녁 퇴근하는 길에 집 근처에서 그놈들은 보거든 내게 좀 알려줘."

나는 승낙했다.

얼마 지나지 않아 사장이 나를 불렀다. 전화는 되도록 삼가고 좀더 열심히 일하라고 말할 것이라고 생각하자, 돌연 언짢은 생각이 들었다. 그런데 전혀 다른 이야기였다. 아직은 막연한 어떤 계획에 대해서 나에게 이야기를 하고 싶다는 것이었다. 그는 다만 그 문제에 관하여 내 의견을 구할 생각이었다. 파리에 출장소를 설치하여, 현지에서 직접 큰 회사들과의 거래를 하려고 하는데, 그리로 갈 생각이 있는지 내 의향을 묻는 것이었다. 그러면 파리에서 생활할 수 있을 것이고, 일 년에 얼마 동안은 여행을 할 수도 있게 된다.

"자넨 젊고, 그런 생활이 자네 마음에 들 것 같은데."

나는, 그렇기는 하지만 결국 이러나저러나 내게는 마찬가지라고 말했다. 그러자 사장이 왜 생활의 변화에 흥미가 없는지 물었다. 누구나 결코 생활을 바꿀 수는 없는 노릇이고, 어쨌든 어떤 생활이든지 다 비슷하고, 또 이곳에서의 내 생활에 조금도 불만을 느끼지 않는다고 나는 대답했다. 그는 만족스럽지 못한 듯이, 내 대답은 언제나 미적지근하고 나에게는 야심이 부족한데 그건 사업하는 데는 아주 좋지 못한 점이라고 말했다. 나는 일을 하려고 자리로 돌아왔다. 사장의 비위를 거스르고 싶지는 않았으나, 내 생활을 바꿔야할 하등의 이유도 찾아낼 수 없었다. 곰곰이 생각해봐도 나는 불행하진 않았다. 학생 때는 그런 야심도 많이 있었다. 그러나 학업을 포기해야 했을 때, 그런 모든 것이 사실 아무런 의미가 없다는 것을 나는 곧 깨달았던 것이다.

저녁에 마리가 찾아와서 자기와 결혼하고 싶은지 물었다. 나는 그건 아무래도 상관없지만, 마리가 원한다면 그래도 좋다고 말했다. 그러자 자기를 사랑하느냐고 물었다. 나는 이미 한 번 말했던 것처럼, 그건 아무 의미도 없지만 사랑하지는 않는 것 같다고 대답했다.

"그렇다면 왜 나하고 결혼을 해요?"

마리가 말했다. 나는, 그런 건 아무 중요성도 없지만 네가 원한다면 결혼을 해도 좋다고 설명했다. 게다가 결혼을 요구한 것은 그녀 쪽이고, 나는 그저 받아들인 것뿐이다. 그러자 마리는 결혼이란 건 중대한 일이라고 나무라는 투로 말했다. 나는 아니라고 대답했다. 그녀는 잠시 말없이 나를 쳐다보더니 말을 꺼냈다. 자기와 같은 관계로 맺어진 다른 여자로부터 같은 청혼이 있었더라도 승낙했을 것인가, 다만 그것이 알고 싶을 뿐이라고 했다. 나는

"물론"이라고 대답했다. 그러자 마리는 자기가 나를 사랑하는지 어떤지 생각해보는 듯했으나, 나는 그 점에 관해서는 아무것도 몰랐다. 잠시 또 침묵이 흐르고, 그녀는 내가 이상한 사람이라고, 아마 그 때문에 나를 사랑하는 것일 테지만, 바로 그 같은 이유로 내가 싫어질 때가 올지도 모른다고 했다. 더 할 말이 없어 잠자코 있노라니까, 마리는 웃으면서 내 팔을 붙들고 나와 결혼하고 싶다고 말했다. 원한다면 언제든지 결혼하자고 대답했다. 그리고 사장의 제인을 이야기해주니까, 마리는 파리를 알고 싶다고 했다. 내가 잠시 파리에서 살아본 일이 있다고 말했더니, 어떻더냐고 물었다. 나는 대답해주었다.

"더러워. 비둘기들과 어두침침한 안뜰들이 있어. 사람들은 모두 피부가 허옇고."

그러고 나서 우리는 큰길을 골라 시내를 어슬렁거렸다. 여자들이 아름다웠다. 나는 마리에게 그 점을 눈여겨보았느냐고 물었다. 마리는 그렇다고 대답하고 내 기분을 이해할 수 있다고 말했다. 잠시 동안 우리는 아무 말이 없었다. 그래도 그녀가 나와 함께 있어 주었으면 해서, 셀레스트네 식당에서 저녁을 같이 먹으면 어떻겠느냐고 물었다. 마리는 그러고 싶지만 볼일이 있다는 것이었다. 그때 우리는 내 집 근처에 이르렀기에, 나는 잘 가라고 인사말을 하였다. 그녀는 나를 쳐다보며 말했다.

"내가 무슨 볼일이 있는지 알고 싶지 않아?"

알고 싶긴 하지만 물어볼 생각을 미처 못 했을 뿐이었는데, 마리는 그것을 나무라는 눈치였다. 그러고는 내 어색한 표정을 보고 다시 웃더니, 갑자기 달려들며 입술을 내게로 내밀었다.

나는 셀레스트네 식당에서 저녁을 먹었다. 막 먹기 시작했는데 키가 작은 이상한 여자가 한 사람 들어와서 내 테이블에 앉아도 좋으냐고 물었다. 물론 앉아도 좋다고 했다. 몸은 앙증맞고, 능금처럼 작은 얼굴에 눈이 빛나고 있었다. 그녀는 재킷을 벗고 자리에 앉아서 열심히 메뉴를 살펴보더니 셀레스트를 불러, 명확하지만 빠른 목소리로 먹을 요리를 전부 주문했다. 그러고는 오르되브르를 기다리는 동안, 핸드백을 열고 네모진 종잇조각과 연필을 꺼내어 미리 합산을 해보고는, 지갑에서 팁까지 덧붙여 정확한 금액을 자기 앞에 내놓았다. 그때 오르되브르가 나오자 그녀는 서둘러서 먹었다. 다음 요리를 기다리며 또 핸드백에서 푸른 연필과 일주일 동안의 라디오 프로그램이 실린 잡지를 꺼냈다. 그 여자는 정성스럽게 거의 모든 방송에 하나씩 표시를 했다. 잡지는 열두어 페이지나 되었으므로 식사를 하는 동안 줄곧 세밀하게 그 일을 계속했다. 내가 식사를 끝마쳤을 때도 그녀는 사뭇 열심히 표시를 하고 있었다. 그러더니 벌떡 일어서서, 거의 기계적으로 다시 재킷을 입고 나가버렸다. 아무것도 할 일이 없었으므로, 나도 밖으로 나가 여자를 잠시 뒤쫓았다. 그녀는 인도 가장자리를 따라 믿을 수 없을 만큼 엄청난 속도와 똑바른 걸음으로, 옆으로 비키거나 뒤돌아보지도 않고 제 갈 길만 가고 있었다. 마침내 나는 여자를 시야에서 놓쳐버려 가던 길을 되돌아왔다. 이상한 여자라는 생각이 들었지만 곧 그 여자를 잊어버렸다.

내 방문 앞에서 살라마노 영감을 만나 그를 방으로 들어오게 했다. 영감은, 개는 어디에서도 지이 못하고, 개 보호소에도 없다고 했다. 개 보호소의 사무원들이 아마 개가 차에 치어버렸을 거라고 말하더라는 것이었다. 경찰서에 가보면 그런 걸 알 수 있지 않느냐고 물으니까, 매일 있는 일이라 아무도 기록하지 않는다고 대답하더라는 것이었다. 나는 살라마노 영감에게 다른 개를 기르면 되지 않느냐고 말했지만, 영감은 그 개와 정이 들었다고 했는데, 일리가 있는 말이었다.

나는 침대 위에 웅크리고, 살라마노는 테이블 앞 의자에 앉아 있었다. 영감은 나와 얼굴을 마주하고 두 손을 무릎 위에 놓고 있었다. 낡은 중절모를 쓴 채로였다. 누런 수염 밑으로 말 마디를 씹어 삼키듯이 중얼거려 잘 들리지 않았다. 같이 있기가 좀 지루했으나, 그렇다고 별로 할 일도 없었고 졸리지도 않았다. 무엇이든지 이야기를 하려고 나는 그의 개 이야기를 물어보았다. 영감의 말로는, 그 개는 그의 아내가 죽은 뒤부터 길렀다고 한다. 그는 꽤

늦게 결혼했었다. 젊었을 적에는 연극이 하고 싶어서, 군대에 있었을 때 군인극 보드빌(노래·춤·촌극 등을 엮은 오락연예)에 출연하기도 했다. 그러나 결국 철도국에 근무하게 되었는데, 그것을 후회하지는 않았다. 왜냐하면 지금 약간의 연금을 탈 수 있기 때문이었다. 아내와의 관계가 그리 행복하지는 못했었으나, 전체적으로 아내에게 길이 들어 있었다. 아내가 세상을 떠났을 때 그는 외로움을 많이 느꼈다. 그래서 공장 동료에게 개 한 마리를 부탁해서 아주 어린놈을 얻어왔다. 처음에는 젖병을 물려서 길러야 했다. 그러나 개의 수명은 사람보다 짧아서, 그들은 함께 늙고 말았다. 그가 말했다.

"그놈은 성미가 못되어서 가끔 우리는 말다툼을 하곤 했었지요. 그렇지만 좋은 개였어요."

혈통이 좋은 개였다고 나도 맞장구쳤더니, 살라마노는 만족해하며 덧붙였다.

"게다가 병에 걸리기 전에 본 일이 없으시죠? 그 털이 정말 아름다웠어요."

개가 피부병에 걸린 다음부터는, 살라마노는 매일 아침저녁으로 포마드를 발라주었다. 그가 한 말에 의하면 그의 진짜 병은 늙어서 쇠약해진 것인데, 고칠 도리가 없다는 것이다.

그때 내가 하품을 하자 노인은 가겠노라고 말했다. 나는 좀더

있어도 괜찮다고 말하고 개가 그렇게 된 것을 딱하게 생각한다고
했더니, 고맙다고 했다. 그리고 어머니가 그 개를 몹시 귀여워했
다고 말했다. 어머니 이야기를 하면서 그는 '가엾은 자당님'이라
고 말했다. 어머니가 세상을 떠난 이후로 내가 매우 상심하고 있
을 것이라고 그는 말했지만, 나는 아무런 대답도 하지 않았다. 그
러자 그는 조금 당황하여 빠른 어조로, 동네에서는 어머니를 양로
원에 보냈다고 나를 나쁘게 생각하고 있다는 것을 알고 있지만,
그는 내가 어떤 사람인지 잘 알고 있으며, 내가 어머니를 많이 사
랑했었다는 것도 알고 있노라고 말했다. 왜 그랬는지는 지금도 모
르지만, 나는 어머니 때문에 이러니저러니 말이 많다는 것을 지금
까지 전혀 모르고 있었으며 내게는 어머니를 간호할만한 돈이 없
었으므로 양로원에 보내는 것은 마땅한 처사로 생각되었던 것이
라고 대답했다. 거기에 덧붙였다.

"게다가 어머니는 오래전부터 내게 하실 말씀도 없어서 외롭고
적적해하셨는걸요."

"그럼요, 양로원에선 친구라도 생기지요."

그가 말했다. 그리고 그는 자리에서 일어섰다. 가서 자려는 것
이었다. 이제 그의 생활은 바뀌게 됐는데, 앞으로 어떻게 하면 좋
을지 그는 알지 못했다. 그와 알게 된 이래 처음으로 그는 슬그머
니 나에게 손을 내밀었다. 내 손에 비늘같이 거슬거슬한 그의 피

부가 느껴졌다. 그는 살짝 웃고는 방을 나서다가 말했다.

"오늘 밤은 제발 개들이 짖지 말았으면 좋겠어요. 내 개가 아닌가 하는 생각이 자꾸 들어서요."

6

언제나 일요일은 좀처럼 일어나기 힘들어, 마리가 와서 내 이름을 몇 번이나 부르면서 흔들이 깨위야 했다. 우리는 일찍부터 해수욕을 하고 싶어서 아침도 먹지 않았다. 나는 속이 텅 빈 것 같고 머리가 조금 아팠다. 담배를 피워도 쓴 맛이 났다. 마리는 나더러, '초상을 치르는 사람 같은 얼굴'을 하고 있다며 놀려댔다. 마리는 흰옷을 입고 머리를 풀어 늘어뜨린 차림이었다. 예쁘다고 말하니까, 그녀는 좋아서 웃었다.

내려오는 길에 레몽의 방문을 두드리자, 그는 곧 내려가겠다고 대답했다. 길에 나서자, 피로한 탓도 있고 또 덧창을 열지 않고 있었던 탓도 있어서 벌써 퍼질 대로 퍼진 뜨거운 햇볕에 마치 따귀라도 얻어맞는 것 같았다. 마리는 기뻐서 깡충거리며 날씨가 좋다고 몇 번이나 되풀이해 말했다. 나는 기분이 좀 나아져서 배가 고픈 것을 느꼈다. 마리에게 그 말을 하니까, 그녀는 우리 두 사람의 수영복과 수건만 들어 있는 가방을 열어 보았다. 기다리는 수밖에 없었다. 이윽고 레몽이 방문을 닫는 소리가 들렸다. 그는 푸른 바지와 소매가 짧은 흰 셔츠를 입고 있었다. 그런데 밀짚모자를 쓰고 있어서, 마리가 웃음을 터뜨렸다. 그리고 팔목은 허연데 검은 털로 덮여 있었다. 그것이 나는 좀 보기 싫었다. 그는 휘파람을 불면서 내려왔는데, 자못 만족스런 눈치였다. 레몽은 나에게 잘 잤냐고 말하고, 마리를 '마드무아젤'이라고 불렀다.

그 전날 경찰서에 함께 가서 나는, 그 여자가 레몽을 '배신했다'고 증언했었다. 레몽은 경고조치만으로 끝났다. 내 진술을 트집잡는 사람은 없었다. 문 앞에서 레몽과 그 이야기를 하고 나서 우리는 버스를 타기로 결정했다. 바닷가는 그다지 멀지 않았으나, 그렇게 하면 더 빨리 갈 수 있으리라. 레몽은, 그의 친구도 우리가 일찍 오는 것을 기뻐하리라고 생각하고 있었다. 우리가 막 길을 떠나려던 참이었는데, 갑자기 레몽이 맞은쪽을 보라는 눈짓을 했다. 아랍 사람들 한 무리가 담배가게 진열창에 기대고 서 있는 것이 보였다. 묵묵히 우리를 바라보고 있었는데, 마치 우리가 돌이나 죽은 나무에 지나지 않는다는 듯한 태도였다. 왼편에서 두 번째 녀석이 그놈이라고 레몽이 말했는데, 어쩐지 신경이 쓰이는 눈치였다. 그래도 이젠 끝난 이야기라고 덧붙였다. 마리는 무슨 영문인지 몰라서, 그가 왜 그러는 거냐고 우리에게 물었다. 아랍 사람들이 레몽에게 원한을 품고 있는 것이라고 내가 말하자, 마리는 바로 출발하기를 원했다. 레몽은 몸을 젖히고, 서둘러야겠다고 말하며 웃음을 떠뜨렸다.

우리는 조금 떨어진 정류장으로 갔고 레몽은 아랍 사람들이 따라오지 않는다고 나에게 일러주었다. 나는 뒤를 돌아다보았다. 그들은 있던 자리에 그냥 서서 우리가 이제 막 떠나온 곳을 여전히 무관심한 태도로 바라보고 있었다. 우리는 버스에 올라탔다. 레몽은 아주 안심한 듯이 마리에게 줄곧 농담을 하고 있었다. 마리가 마음에 든 눈치였으나, 미리는 거의 아무 대답도 하지 않았다. 이따금 웃으면서 레몽을 쳐다볼 뿐이었다.

우리는 알제 교외에서 내렸다. 바닷가는 정류장에서 멀지 않았는데, 바다를 굽어보며 모래밭 쪽으로 내리뻗은 조그만 언덕을 지나야 했다. 언덕은 이미 하늘의 눈부시게 빛나는 푸른빛을 배경으로 노란 돌들과 새하얀 수선화들에 뒤덮여 있었다. 마리는 재미난다는 듯이 헝겊가방을 휘둘러 꽃잎을 떨어뜨리는 장난을 쳤다. 우리는 초록색 또는 흰색 울타리를 둘러친 작은 별장들이 늘어선 사이를 걸어갔다. 별장의 어떤 것들은 베란다까지 온갖 나무들 속에 파묻히고, 어떤 것들은 돌들 가운데 덩그렇게 서 있었다. 언덕 끝에 이르기도 전에 벌써 움직이지 않는 바다가 눈앞에 나타나고, 더 멀리 맑은 물속에 조는 듯 육중한 곳이 보였다. 가벼운 모터 소리가 고요한 대기를 뚫고 우리에게까지 들려왔다. 저 멀리 조그만 트롤 어선 한 척이, 반짝이는 바다 위로 움직이는 듯 마는 듯 가고 있었다. 마리는 창포를 몇 송이 꺾었다. 바다로 내려가는 언덕길에서 바라보니, 바닷가에는 벌써 수영하는 사람들이 더러 있었다.

레몽의 친구는 바닷가 기슭의 조그만 목조 별장에 살고 있었다. 집은 바위를 등지고 있었는데, 집의 전면 밑쪽을 떠받치는 기둥들은 물속에 잠겨 있었다. 레몽이 우리를 소개했다. 그는 친구의 마송이라는 이름으로, 체격과 어깨가 건장하고 키가 큰 사람이었는데, 파리 말씨를 쓰는 동글동글하고 예쁘장하게 생긴 조그만 여자와 함께 있었다. 그는 곧 우리에게 거리낌없이 지낼 것을 권하고, 바로 그날 아침에 낚아온 생선 튀김이 있다고 말했다. 내가 그의 집이 어쩌면 이렇게도 아담하냐고 말했더니, 그는 토요일과 일요일, 그리고 휴일마다 그 별장에 와서 지낸다는 것이었다. 그리고 아내는 누구와도 마음이 잘 맞는다고 덧붙였다. 그의 아내는 마침 마리와 웃으며 떠들고 있었다. 아마 그때 처음으로 나는 마리와 결혼할 것을 진심으로 상상한 것 같다.

마송은 헤엄치러 가고 싶었으나 그의 아내와 레몽은 가고 싶어하지 않았다. 그래서 우리 셋이 바닷가로 내려갔는데 마리는 그대로 물속에 뛰어들었다. 마송과 나는 잠깐 그대로 서 있었다. 그는 말을 천천히 했는데, 나는 그가 말끝마다 '뿐만이 아니라'를 덧붙이는 버릇이 있다는 것을 알아차렸다. 실제로 그가 한 말의 뜻에 보충하는 것이 없을 때도 그렇게 했다. 마리에 대해서 그는 이렇게 말했다.

"아주 멋져요. 뿐만 아니라 매력이 있어요."

이윽고 나는 그의 버릇에 주의하지 않게 되었다. 햇볕을 쬐어 기분이 좋아지는 것을 느끼고 그것에 정신을 뺏겼기 때문이다. 발밑에서 모래가 뜨거워지기 시작했다. 물속으로 들어가고 싶은 욕망을 좀더 참았다가 마침내 마송에게 말했다.

"들어가 볼까요?"

나는 물속으로 뛰어 들어갔다. 마송은 천천히 물속으로 들어가 발이 땅에 닿지 않게 되어서야 몸을 던졌다. 그는 개구리헤엄을 쳤으나 서툴러서, 나는 그를 남겨두고 마리에게로 헤엄쳐 갔다. 물은 차가웠고, 헤엄을 치니 기분이 좋아졌다. 마리와 함께 멀리까지 갔었는데, 우리는 몸짓과 만족감에 있어 서로 일치하는 것을 느낄 수 있었다.

바다 한가운데로 나가서 우리는 몸을 띄웠다. 얼굴을 하늘로 향하자 태양은 입으로 흘러드는 물의 장막을 걷어주었다. 마송이 모래사장으로 나가서 햇볕을 쬐려고 눕는 것이 보였다. 멀리서도 그는 거대해 보였다. 마리는 나와 함께 헤엄치고 싶어했다. 나는 뒤로 돌아가 마리의 허리를 붙잡고, 마리가 팔을 놀려 앞으로 나가는 것을 발로 물장구를 쳐서 도와주었다. 고요한 아침에 철썩거리는 물소리가 우리 곁에서 떠나지 않았고, 마침내 나는 지치고 말았다. 그래서 나는 마리를 남겨두고, 숨을 크게 쉬면서 규칙적으로 헤엄을 쳐서 돌아왔다. 바닷가로 나와서 나는 마송 옆에 배를 깔고 엎드려 모래 속에 얼굴을 파묻었다. 기분이 좋다고 했더니, 그도 그렇다고 했다. 얼마 지나지 않아 마리가 왔다. 나는 고개를 돌려 마리가 걸어오는 것을 바라보았다. 소금물에 젖은 몸은 번들거렸으며, 머리를 뒤로 늘어뜨리고 있었다. 마리와 나는 옆구리를 꼭 붙인 채 누웠는데, 그녀는 체온과 뜨거운 햇볕 때문에 나는 잠시 잠이 들었다.

마리는 나를 흔들어 깨우고, 마송은 벌써 집으로 돌아갔는데, 이젠 점심을 먹어야 할 것이라고 말했다. 나도 배가 고팠으므로 곧 일어났다. 그러나 마리는, 아침부터 내가 키스를 한 번도 해주지 않았다고 했다. 정말 그랬다.

"나도 키스하고 싶어요. 물속으로 들어가요."

마리가 말했다. 우리는 뛰어가서 곧장 잔물결 속에 몸을 뻗었다. 몇 번 팔을 저어 헤엄쳐 가다가 마리가 나에게 달라붙었다. 그녀의 다리가 내 다리에 휘감기는 것을 느끼고, 나는 그녀에게 정욕을 느꼈다.

우리가 돌아오자 마송이 불렀다. 배가 몹시 고프다고 말했더니 마송은 곧, 내가 자기의 마음에 들었노라고 그의 아내에게 말했다. 빵은 맛있었고, 나는 내 몫의 생선을 허겁지겁 먹었다. 그런 다음 고기와 감자튀김이 나왔다. 우리는 모두 아무 말 없이 먹었다. 마송은 술을 자주 마시고 나에게도 계속 따라 주었다. 커피가 왔을 때는 머리가 좀 무거워서, 나는 담배를 많이 피웠다. 마송과 레몽 그리고 나는 공동비용으로 8월을 바닷가에서 지낼 계획을 짰다. 마리가 갑자기 말했다.

"지금 몇 신지 아세요? 11시 반이에요."

우리는 모두 놀랐다. 그러나 마송은, 너무 일찍 식사를 했지만 배고플 때가 결국 식사시간이니까 별로 이상할 것은 없다고 말했다. 왜인지는 모르겠지만, 그 말을 듣자 마리는 자지러지게 웃었다. 아마 술을 좀 지나치게 마신 탓이었으리라. 그때 마송은, 함께 바닷가로 나가서 같이 산책하지 않겠느냐고 나에게 물었다.

"제 아내는 점심을 먹은 뒤엔 반드시 낮잠을 자지요. 나는 그게 싫어요. 걷는 게 좋거든요. 나는 늘 걷는 게 건강에 좋다고 아내에게 말하지만, 어쨌든 자기가 하고 싶은 대로 할 수밖에 없지요."

마리는 남아서 마송 부인이 설거지하는 것을 거들겠다고 말했다. 그러자면 남자들을 밖으로 내보내야 한다고 키가 작은 파리 여자가 말했다. 우리는 셋이서 바닷가로 내려갔다.

햇빛이 거의 수직으로 모래 위에 쏟아져내리고 있었고, 바다 위에 반사하는 그 빛은 견디기 어려울 지경이었다. 이제 바닷가에는 아무도 없었다. 언덕 끝을 따라 바다를 굽어보며 늘어선 작은 별장들 안에서 접시며 포크, 수저 등 식기가 덜그럭거리는 소리가 들렸다. 땅에서 올라오는 돌의 열기 속에서는 숨조차 쉬기 어려웠다. 처음에 레몽과 마송은, 내가 알지 못하는 일과 사람들의 이야기를 했다. 그들이 오래전부터 아는 사이라는 것과, 한때 그들은 동거한 일도 있었다는 사실을 나는 알았다. 우리는 물가 쪽으로 가서 바다를 끼고 걸었다. 때때로 잔물결이 길게 밀려와서 우리의 천으로 된 신발을 적셨다. 나는 맨머리 위로 내리쬐는 태양 때문에 반쯤 몽롱해져 있었으므로 아무 것도 생각할 수 없었다.

그때 레몽이 마송에게 뭐라고 말했으나, 나는 잘 듣지 못했다. 그러나 그와 동시에 나는 바닷가 저편 아주 멀리서, 푸른 작업복을 입은 아랍 사람 둘이 우리에게로 걸어오고 있는 것을 보았다. 내가 레몽을 바라보았더니 그는 "그놈이야" 하고 말했다. 우리는 계속 걸었다. 마송은 그들이 어떻게 여기까지 우리를 따라올 수 있었을까 하고 물었다. 우리가 해수욕 가방을 가지고 버스를 타는 것을 그들이 보았기 때문이라고 나는 생각했으나 아무 말도 하지 않았다.

아랍 사람들은 천천히 걸어오고 있었는데, 이미 꽤 가까워졌다. 우리도 걷는 속도를 바꾸지는 않았으나, 레몽이 말했다.

"마송, 싸움이 벌어지면 넌 둘째 녀석을 붙들어. 난 그 다음 녀석을 맡을테니까. 뫼르소, 자네는 또 다른 놈이 오면 맡지."

"응."

내가 말했고, 마송은 두 손을 호주머니 속에 넣었다. 지나칠 정도로 뜨거운 모래가 지금 나에게는 붉게 보였다. 우리는 일정한 걸음으로 아랍 사람들에게 걸어갔다. 그들과 우리 사이의 간격은 규칙적으로 줄어들었다. 몇 걸음 되지 않는 간격을 두고 서로 가까워졌을 때 아랍 사람들이 멈춰 섰다. 마송과 나는 걸음을 늦추었으나, 레몽은 바로 그가 맡은 녀석에게로 갔다. 그가 뭐라고 했는지 잘 들리지 않았으나, 아랍 녀석이 머리로 받는 시늉을 했다. 그러자 레몽이 먼저 한 대 때려 놓고 곧 마송을 불렀다. 마송은 미리 지목했던 녀석에게로 가서 힘껏 두 번 후려갈겼다. 아랍 녀석은 얼굴을 바닥에 틀어박았고 물속에 퍼져버렸다. 그러고는 잠시 그대로 있었는데, 머리께로부터 거품이 물 위로 부글거리고 있었다. 그러는 동안에 레몽 쪽에서도 후려쳐서 그 아랍 녀석은 얼굴이 온통 피투성이가 되었다. 레몽은 나에게 고개를 돌리며 말했다.

"자식 꼬락서니 좀 봐."

"조심해, 그놈 단도를 가졌어!"

이방인

내가 소리쳤으나, 레몽은 이미 팔을 찔렸고 입도 찢긴 뒤였다.

마송이 후닥닥 몸을 놀려 앞으로 뛰어들었으나, 또 다른 아랍 녀석도 일어나서 무기를 가진 녀석 뒤로 숨었다. 우리는 움직이지 못했다. 그들은 우리에게서 눈을 떼지 않은 채 단도로 위협하면서 천천히 뒷걸음을 쳤다. 충분한 거리가 생겼음을 알자 그들은 부리 나케 달아나버렸다. 그동안 우리는 햇볕 아래 못박힌 듯 우두커니 서 있었고, 레몽은 피가 흐르는 팔을 움켜쥐고 있었다.

마송은 곧, 일요일마다 언덕 별장으로 와서 지내는 의사가 있다고 말했다. 레몽은 즉시 가자고 했다. 그러나 말을 할 때마다 상처에서 흐르는 피가 입 속에서 거품을 일으켰다. 우리는 그를 부축하여 허둥지둥 별장으로 돌아왔다. 레몽은 상처가 가벼우니까 의사에게 직접 갈 수 있다고 해서, 마송과 함께 나갔다. 나는 남아서 여자들에게 사건 이야기를 해주었다. 마송 부인은 울었고, 마리는 파랗게 질렸다. 나는 그들에게 설명을 하는 것이 귀찮아서 이야기를 그쳐버리고, 담배를 피우면서 바다를 바라보았다.

1시 반쯤 레몽이 마송과 함께 돌아왔다. 그는 팔에는 붕대를 감고 입가에는 반창고를 붙이고 있었다. 의사는 대수롭지 않은 상처라고 했으나, 레몽은 매우 침울한 낯을 하고 있었다. 마송이 웃기려고 애를 써봤지만, 레몽은 여전히 말이 없었다. 바닷가로 내려간다고 하기에 나는 그에게 어디로 가느냐고 물었다. 그는 바람을 쐬고 싶다고 대답했다. 마송과 나도 함께 가겠노라고 하자, 레몽이 화를 내며 우리에게 욕을 했다. 마송은 그의 비위를 거스르지 말아야 한다고 했으나, 나는 그래도 그의 뒤를 따랐다.

우리는 오랫동안 바닷가를 걸었다. 지금 태양은 짓누르는 듯하였다. 햇빛은 모래와 바다 위에 부서지고 있었다. 레몽이 어디로 가는지 알 것 같았지만, 어쩌면 잘못 생각한 것인지도 모른다. 바닷가 끝까지 가서, 우리는 마침내 커다란 바위 뒤에서 바다를 향하여 모래밭 위를 흐르고 있는 조그만 샘가에 이르렀다. 거기서 우리는 그 아랍 사람 둘을 다시 만났다. 그들은 기름기가 밴 푸른 작업복을 입고 누워 있었다. 마음은 거의 진정된 듯 아주 느긋한 빛이었다. 우리가 나타났는데도 전혀 표정의 변화가 없었다. 레몽을 찌른 녀석도 아무 말 없이 레몽을 바라보았다. 또 한 녀석은 작은 갈대피리를 불고 있었는데, 곁눈으로 우리를 바라보며 그 악기로 낼 수 있는 세 가지 소리를 끊임없이 되풀이하는 것이었다.

그동안 거기에는 햇볕과 침묵, 졸졸 흐르는 샘물소리와 피리의 세 가지 소리뿐이었다. 이윽고 레몽이 엉덩이 쪽 주머니에 손을 대었으나 상대편은 움직이지도 않았고, 둘은 여전히 서로 마주 바라보고 있었다. 나는 피리를 불고 있는 녀석의 발가락들 사이가 몹시 벌어진 것을 보았다. 그러나 레몽은 상대편으로부터 눈을 떼지 않고 물었다.

이방인

"해치워버릴까?"

내가 그만두라고 하면 그는 제 풀에 화를 내어 기어코 쏘고야 말 것이라고 생각해 이렇게 말했다.

"저 녀석은 아직 아무 말도 안 했어. 이대로 쏘아버린다는 건 비겁해."

침묵과 무더운 열기 속에서 여전히 물과 피리의 호젓한 소리가 들렸다. 이윽고 레몽이 말했다.

"그럼 저 녀석에게 욕을 해줘야겠군. 대답하면 쏘아버려야지."

"그래. 하지만 녀석이 단도를 뽑지 않으면 쏠 수 없어."

나는 이렇게 대답했다. 레몽은 좀 화를 내기 시작했다. 상대편은 여전히 피리를 불고 있었고, 둘 다 레몽의 일거일동을 살피고 있었다.

"쏴선 안 돼. 사나이답게 맞상대를 하게. 그리고 그 총은 이리 줘. 만약 다른 녀석이 뛰어들든지 저 녀석이 단도를 뽑든지 하면 내가 쏘아버릴 테니까."

레몽이 총을 나에게 주었을 때, 그 위로 햇빛이 번쩍 반사하며 미끄러졌다. 그러나 우리는 마치 모든 것이 우리 주위를 둘러막은 듯이, 그대로 움직이지 않고 있었다. 우리는 눈을 피하지도 않고 서로 마주 노려보고 있었다. 여기에서는 모든 것이 바다와 모래와 태양, 피리 소리와 물소리로 인해 더욱 두드러진 이중의 침묵 가운데 정지해 있었다. 그 순간 나는, 총을 쏠 수도 있고 쏘지 않을 수도 있다고 생각했다. 그러나 갑자기 아랍 사람들이 뒷걸음질하며 바위 뒤로 스며들듯이 달아나버렸다. 레몽과 나는 왔던 길을 되돌아갔다. 레몽은 기분이 좀 가라앉은 듯, 집으로 돌아갈 버스 이야기를 했다.

나는 그와 별장까지 함께 갔고 레몽이 나무 계단을 올라가는 동안 첫 계단 앞에 서 있었다. 햇볕으로 인해 머릿속이 울리는 데다가, 그 나무 계단을 올라가야 하며 다시 여자들과 대면해야 할 것을 생각하니 맥이 풀렸다. 그러나 하늘에서 쏟아지는 햇볕에 우두커니 서 있기도 괴로울 정도로 더웠다.

그러니 그곳에 그냥 머물러 있거나 어디로 가거나 해도 결국 마찬가지였다. 잠시 뒤에 나는 다시 바닷가를 향해 걷기 시작했다.

조금 전과 다름없이 모든 것이 붉게 이글거리고 있었다. 모래 위에서 바다는 잔물결에 북받쳐 가쁜 숨결을 다하여 헐떡거리고 있었다. 나는 천천히 바위께로 걸어가고 있었는데, 햇볕에 이마가 부풀어 오르는 것 같았다. 더위 전체가 내 위로 내리 누르면서 내 걸음을 막았다. 그리하여 얼굴 위에 엄청나게 무더운 바람이 와 닿을 때마다 나는 이를 악물고 바지 주머니 속의 주먹을 움켜쥐고, 태양과 태양이 쏟아 붓는 짙은 취기醉氣를 견뎌 이기려고 온 힘을 다하여 몸을 버티는 것이었다. 모래나 흰 조개껍데기나 유리

조각에서 빛이 칼날처럼 반짝거릴 때마다 턱이 움찔했다. 나는 오랫동안 걸었다.

햇빛과 바다의 먼지 같은 수분으로 눈부시도록 후광에 둘러싸인 거무스름한 바윗덩어리가 조그맣게 멀리 바라보였다. 나는 바위 뒤의 서늘한 샘을 생각했다. 그 샘물의 속삭임을 다시 듣고 싶었고, 태양과 더위와 싸우는 노력과 여자의 울음소리를 피하고 싶었으며 그늘과 휴식을 그곳에서 찾고 싶었다. 그러나 가까이 갔을 때, 레몽과 상대했던 녀석이 다시 돌아와 있는 것을 보았다.

그는 혼자였다. 두 손을 목 밑에 괴고, 얼굴만 바위 그늘 속에 넣고 온몸에 햇볕을 받고 반듯이 드러누워 있었다. 푸른 작업복이 더위 속에서 김을 내고 있었다. 나는 조금 당황했다. 나로서는 그 사건이 이제 끝났으므로, 그 일은 생각지도 않고 그리로 갔던 것이었다.

그는 나를 보자마자 조금 몸을 일으켜 주머니에 손을 넣었다. 물론 나도 윗옷 속에 들어 있던 레몽의 총을 움켜쥐었다. 그는 주머니에 손을 넣은 채 뒷걸음질치며 갔다. 나는 그에게서 꽤 멀리, 한 십여 미터쯤 떨어져 있었다. 절반쯤 감은 그의 눈꺼풀 사이로 이따금 그의 시선이 새어 나오는 것을 짐작할 수 있었다. 그러나 대개는 그의 모습이, 타는 듯한 대기 속에서 내 눈앞에 어른거리고 있었다. 파도 소리는 오전보다도 더욱 나른하고 더욱 가라앉았다. 그때나 지금이나 다름없는 모래 위에 다름없는 태양, 다름없는 빛이 그대로 여기에도 연장되고 있었다. 벌써 두 시간 전부터 낮은 걸음을 멈추고, 두 시간 전부터 끓는 금속 같은 바다 속에 닻을 던졌던 것이다. 수평선 위로 조그만 증기선이 지나갔다. 내가 그것을 한쪽 눈 끝으로 검은 얼룩처럼 느낀 것은 아랍 사람으로부터 눈을 떼지 않고 있었기 때문이었다.

내가 뒤로 돌아서기만 하면 일은 끝나는 것이라고 생각되었다. 그러나 햇볕에 흔들리는 바닷가가 내 뒤에서 죄어들고 있었다. 나는 샘 쪽으로 몇 걸음 걸었는데, 아랍 사람은 움직이지 않았다. 그래도 아직 꽤 떨어져 있었다. 아마도 얼굴 위에 덮인 그늘 탓이었던지 웃고 있는 것처럼 보였다. 나는 기다렸다.

뜨거운 햇볕에 볼이 타는 듯했고 땀방울이 눈썹에 맺히는 것을 느꼈다. 어머니의 장례식을 치르던 그날과 똑같은 태양이었다. 그날처럼, 특히 머리가 아팠고, 이마의 모든 핏대가 한꺼번에 다 피부 밑에서 지끈거렸다. 그 햇볕의 뜨거움을 견디지 못하여 나는 한 걸음 앞으로 나섰다. 그것이 어리석은 짓이며, 한 걸음 몸을 옮겨본댔자 태양으로부터 벗어날 수 없다는 것도 알고 있었다. 그래도 나는 한 걸음, 다만 한 걸음 앞으로 나섰다. 그러자 이번에는 아랍 사람이 몸을 일으키지는 않고 단도를 뽑아서 태양빛에 비추며 나에게로 겨누었다. 빛이 강철 위에서 반사하자, 번쩍거리는 길쭉한 칼날이 되어 나의 이마를 쑤시는 것 같았다. 그 순간 눈썹에 맺혔던 땀이 한꺼번에 눈꺼풀 위로 흘러내려 미지근하고 두꺼운 막이 되어 눈두덩이를 덮었다. 이 눈물과 소금의 장막에 가려져 내 눈은 보이지 않았다. 다만 이마 위에 울리는 태양의 심벌즈 소리와, 단도로부터 여전히 내 눈앞에 뻗어 나오는 눈부신 빛의 칼날을 느낄 수 있을 뿐이었다. 그 뜨거운 칼날은 속눈썹을 쑤시고 아픈 두 눈을 후볐다. 그때 모든 것이 흔들렸다. 바다는 무겁고 뜨거운 바람을 실어왔다. 하늘은 활짝 열리며 불을 비 오듯 쏟아놓는 것만 같았다. 온몸이 뻣뻣해지고, 총을 든 손에 경련이 났다. 방아쇠는 부드러웠다. 나는 권총 자루의 매끈한 배를 만졌다. 그리하여 짤막하고도 요란스러운 소리와 함께 모든 것이 시작된 것이 바로 이때였다. 나는 땀과 태양을 떨쳐 버렸다. 나는 한낮의 균형과, 내가 행복을 느끼고 있던 바닷가의 이상한 침묵을 깨뜨려버렸다는 것을 깨달았다. 그때 나는 그 굳어진 몸뚱이에 다시 네 방을 쏘았다. 총탄은 깊이 파고들었는데, 보이지도 않았다. 그것은 마치, 내가 불행의 문을 두드린 네 번의 짧은 노크 소리와도 같았다.

제2부

1

체포되자마자 나는 몇 번이나 심문을 받았다. 그러나 그것은 신원 확인을 위한 심문이어서 오래 계속되지 않았다. 처음 경찰에서 내 사건은 누구의 흥미도 끌지 않는 듯했다. 일주일 뒤 예심판사는 그와 반대로 나를 호기심 가득한 눈길로 바라보았다. 처음에는 나의 이름과 주소, 직업, 생년월일과 출생지를 물었을 뿐이었다. 그러고는 내가 변호사를 내세웠는지 물었다. 나는 그러지 않았다고 말하고 변호사를 반드시 세워야만 하느냐고 물었더니, 그가 말했다.

"왜 그러시죠?"

내 사건은 매우 간단하다고 대답하자, 그는 웃으면서 이렇게 말했다.

"그것도 하나의 의견이긴 하죠. 그러나 법률이라는 게 있어서, 당신이 변호사를 세우지 않으면 우리가 관선 변호사를 지정하게 됩니다."

나는 사법부가 그렇게 세심한 점까지 맡아주니 매우 편하다고 판사에게 말했다. 그도 나에게 동의를 표하고, 법률은 참으로 잘되어 있는 것이라고 결론을 내렸다.

나는 처음엔 그를 진지하게 대하지 않았다. 그는 커튼을 친 방에서 나를 맞아주었다. 그의 책상 위에는 등불이 하나만 놓여 있어, 내가 앉은 안락의자만 비추고 있었을 뿐, 그는 어둠 속에 앉아 있었다. 이러한 장면 묘사를 나는 이전에 책에서 읽은 일이 있었는데 모두가 게임처럼 보였다. 이야기가 끝난 뒤에 그를 찬찬히 보니, 그 사나이는 얼굴이 말쑥한데 푸른 눈은 깊숙이 들어박히고, 키가 크고 회색 수염을 길게 길렀으며 수북한 머리털이 거의 백발에 가까운 것을 알 수 있었다. 그는 분별력이 있고, 입술을 씰룩거리는 신경질적인 버릇이 있기는 해도 그럭저럭 호감을 가질 수 있을 듯이 보였다. 방을 나서면서 나는 그에게 손을 내밀려고까지 했던 것이다. 그러나 때마침 나는 내가 사람을 죽였다는 사실을 떠올렸다.

이튿날 변호사 한 사람이 교도소로 나를 만나러 왔다. 통통하고 키가 작은 사나이로, 꽤 젊어 보였고 머리칼을 정성스레 빗어 올려 붙이고 있었다. 날씨가 더웠는데도(나는 셔츠 바람이었다) 검은 양복을 입고, 빳빳한 옷깃에 검고 흰 굵은 줄무늬가 있는 이상스러운 넥타이를 매고 있었다. 겨드랑이에 끼고 들어온 가방을 내 침대 위에 놓고 나서, 그는 자기소개를 하고 내 서류를 검토해보았다고 말했다. 이 사건은 어렵긴 하지만, 내가 그를 믿어준다면 재판에 이길 것을 의심치 않는다는 것이었다. 내가 사례를 하자, 그가 말했다.

"문제의 요점으로 들어갑시다."

그는 침대 위에 앉은 다음, 나의 사생활에 관하여 여러 가지로 정보를 수집했다고 말했다. 어머니가 최근에 양로원에서 사망한 사실을 알고, 마랑고로 조사를 갔었는데 장례식 날 '내가 냉정한 태도를 보였다'는 사실을 조사원들이 알아냈다는 것이었다. 변호사는 이렇게 말했다.

"사실 당신에게 이런 걸 묻는 것은 거북한 일이지만, 이건 매우 중요합니다. 그리고 만약 내가 거기에서 답변할 거리를 찾아내지 못한다면 그건 기소起訴의 유력한 자료가 될 것입니다."

그는 내가 협력하기를 원했다. 그러더니 그날 슬펐었냐고 물었다. 이 질문은 나를 몹시 놀라게 했다. 만약 내가 그런 질문을 해야만 될 처지라면 나는 매우 난처했으리라. 그러나 나는 자문해보는 습관을 좀 잃어버려서 정확하게 설명하기가 어렵다고 대답했다. 물론 어머니를 사랑했었지만 그러나 그런 것은 아무 의미도 없는 것이다. 평범한 사람은 누구나 사랑하는 사람들의 죽음을 바랐던 경험이 조금씩 있는 법이다. 그러자 변호사는 내 말을 가로막았는데, 매우 흥분한 듯이 보였다. 그는 그러한 말은 법정에서나 예심 판사의 방에서는 하지 않겠다는 약속을 나에게 시켰다. 그러나 나는, 나에게는 육체적 욕구가 흔히 감정을 방해하는 경우가 있다고 그에게 설명해주었다. 어머니의 장례식이 있던 날, 나는 매우 피곤해서 졸음이 왔다. 그래서 그날 무슨 일이 있었는지 잘 몰랐다. 내가 확실히 말할 수 있는 것은 어머니가 죽지 않았으면 좋았을 것이라는 사실뿐이었다. 그러나 내 변호사는 만족하는 기미는 전혀 없고, 그것으로는 충분하지 못하다고 나에게 말했다.

그는 잠시 생각에 잠겼다. 그리고 그날 내가 자연스러운 감정을 억제했다고 말할 수 있느냐고 물었다. "아뇨, 그건 사실이 아니니까요." 나는 대답했다. 그는 내가 혐오스럽다는 듯이 이상스러운 눈길로 나를 바라보았다. 어쨌든 양로원의 원장과 직원들은 증인으로서 심문을 받을 터인데, '그러면 나에게 불리한 결과가 될지도 모른다'고 거의 쌀쌀맞다 싶은 어조로 내게 말했다. 그런 이야기는 내 사건과 아무 관계도 없다는 것을 내가 지적했으나 그는 다만, 내가 재판과 관련되어 본 적이 없다는 것을 뻔히 알 만하다고만 대답했다.

그는 화가 난 얼굴로 나가버렸다. 나는 그를 좀더 붙잡아두고서, 그의 호감을 사고 싶다고, 그런데 그것은 나를 잘 변호해주기를 바라서가 아니라 이를테면 저절로 그렇게 하고 싶은 생각이 들어서라고 설명하고 싶었다. 뿐만 아니라 내가 그를 불편하게 만들고 있다는 것을 알 수 있었다. 그는 나를 이해하지 못하고 오히려 원망하기까지 했다. 나는 내가 다른 사람들과 다를 것이 없다는 것, 조금도 다른 것이 없음을 그에게 강조해 말하고 싶었다. 그러나 그런 모든 것은 결국 별로 소용없는 일이고 또 귀찮기도 해서 단념하고 말했다.

얼마 뒤에 나는 다시 예심판사 앞으로 이끌려 갔다. 오후 2시였는데, 이번에 그의 사무실은 얇은 커튼을 뚫고 새어드는 빛으로 가득 차 있었다. 매우 더웠다. 그는 나를 앉힌 다음 정중하게, 나의 변호사는 '뜻밖의 일로' 오지 못했다고 말해주었다. 그러나 나는 그의 심문에 대답하지 않고 변호사의 도움을 받을 때까지 기다릴 권리가 있었다. 나는 혼자서라도 대답할 수 있다고 말했다. 그는 책상 위의 벨을 눌렀다. 젊은 서기가 들어오더니 바로 내 등 뒤에 자리를 잡고 앉았다.

우리는 안락의자에 깊숙이 앉았다. 심문이 시작되었다. 판사는 먼저, 사람들은 내가 말이 적고 내성적인 성격을 가졌다고 하는데 어떻게 생각하느냐고 물었다.

"할 말이 없어서 안 하는 것뿐입니다."

그는 첫 심문 때처럼 빙그레 웃으면서 참 그럴듯한 이유라고 말한 다음, 이렇게 덧붙였다.

"하기야 그런 건 대수롭지 않은 일입니다."

그는 이야기를 끊고 나를 보고 있더니 갑자기 몸을 일으키면서 빠른 어조로 말했다.

"당신이란 사람, 참 재미있습니다."

나는 그가 무슨 말을 하는 것인지 잘 알 수 없었으므로 아무 대답도 하지 않았다. 그는 이어서 이렇게 말했다.

"당신의 행동에는 나로선 이해하기 어려운 점들이 많이 있는데, 그것을 이해할 수 있도록 당신이 도와줄 거라고 나는 확신합니다."

나는 모두 지극히 간단한 일들뿐이라고 대답했다. 그날 있었던 사건을 이야기해보라고 판사는 재촉했다. 나는 그에게 이미 한 번 이야기한 것을 다시 요약하여 되풀이했다. 레몽, 바닷가, 해수욕, 싸움, 다시 바닷가, 조그만 샘, 태양 그리고 다섯 방의 총알. 한 마디 할 적마다 그는 "그렇군요, 그렇군요" 하고 말했다. 쓰러진 시체 이야기까지 가자 그는 "좋아요" 하면서 내 이야기를 확인했다. 나는 그처럼 같은 이야기를 되풀이하는 것에 지쳤고, 그렇게 이야기를 많이 해본 적이 여태껏 없었던 것처럼 여겨졌다.

잠시 침묵이 흐른 뒤 그는 일어서더니 나를 도와주고 싶다면서, 내가 꽤 재미있는 사람이고, 하느님의 도움을 얻어 나를 위해 무슨 일을 해줄 수 있을 것이라고 말했다. 그러나 그 전에 그는 나에게 몇 가지 더 질문을 하고 싶어했다. 그러더니 다짜고짜 어머니를 사랑했었느냐고 물었다.

"네, 세상 사람들과 마찬가지로 사랑했습니다."

그러자 그때까지 규칙적으로 타자를 치고 있던 서기가 키를 잘못 짚었던지, 당황해하면서 다시 뒤로 물려 고쳐야 한다고 했다. 여전히 확연한 논리도 없이, 판사는 이번엔 다섯 방 연달아서 총을 쏘았느냐고 물었다. 나는 잠시 생각을 하고 나서, 처음에 한 방 쏘고 몇 초 뒤에 다시 네 방을 쏘았다고 설명했다.

"첫 방과 둘째 방 사이에 왜 기다렸습니까?"

다시 한 번 붉은 바닷가가 눈에 선해지면서 나는 뜨거운 햇살을 이마 위에 느꼈다. 그러나 이번에는 아무 대답도 하지 않았다. 그 뒤로 침묵이 계속되는 동안 판사는 흥분한 눈치였다. 그는 의자에 걸터앉아 머리칼을 헝클어뜨리면서 책상 위에 팔꿈치를 괸 다음, 야릇한 표정으로 나에게 약간 몸을 굽혔다.

"왜, 그러니까 왜 당신은 땅에 쓰러진 시체에다 계속 총을 쐈죠?"

그 물음에도 나는 대답할 수 없었다. 판사는 두 손으로 이마를 짚고 사납게 달라진 목소리로 되물었다.

"왜 그랬습니까? 그것을 말해줘야 합니다. 왜 그랬습니까?"

나는 여전히 가만히 있었다.

갑자기 그는 일어서서 사무실 한 끝으로 성큼성큼 걸어가더니 서류함의 서랍을 열었다. 거기서 은으로 만든 십자가 하나를 꺼내 가지고, 그것을 휘두르며 나에게로 돌아왔다. 그리고는 여느 때와는 아주 다른, 거의 떨리는 목소리로 외쳤다.

"당신은 이것을, 이 사람을 압니까?"

"물론 알고 있습니다."

나는 대답했다. 그러자 그는 흥분하여 빠른 어조로, 자기는 하느님을 믿고, 하느님이 용서하지 못할 만큼 죄가 많은 사람은 하나도 없으므로, 용서를 받으려는 사람은 뉘우치는 마음으로 어린아이처럼 정신을 깨끗이 비우고 모든 것을 받아들일 준비를 해야 한다는 것이 그의 신념이라고 말했다. 그는 온몸을 책상 너머로 기울이고 십자가를 거의 내 머리 위에서 휘두르고 있었다. 사실 나는 그의 논리를 전혀 따라갈 수 없었다. 첫째로 몹시 더운 데다가 그의 사무실에는 큼직한 파리들이 있어서 그것들이 얼굴에 달라붙었기 때문이고, 또한 나는 그의 태도에 좀 겁이 나기도 했다. 그와 동시에 조금 우스워 보였다. 왜냐하면 결국 죄를 지은 사람은 나였기 때문이다. 그러나 그는 이야기를 계속했다. 그에 의하면, 내 고백에 오직 한 가지만이 모호하다는 것이었다. 즉, 총을 두 번째로 쏘기 전에 기다렸다는 사실이었다. 다른 부분은 확실한데, 오직 그 점이 그에게 이해되지 않는다는 것이다.

그가 고집을 부리는 것은 잘못이고, 그 마지막 문제는 그다지 중요하지 않다고 그에게 말할까 했다. 그러나 그는 내 말을 가로막고, 다시 한 번 일어나 나더러 하느님을 믿느냐고 물었다. 나는 믿지 않는다고 대답했다. 그는 화가 나 앉아버렸다. 그럴 수는 없다며 누구나 하느님을 믿고, 비록 하느님을 외면하는 사람일지라도 하느님을 믿는 법이라고 말했다. 그것이 그의 신념이고, 만약 그것을 조금이라도 의심해야 한다면 그의 삶은 무의미해지고 말리라는 것이었다.

"내 삶이 무의미해지기를 당신은 바랍니까?"

그는 외쳤다. 내 생각에 그것은 나와는 아무 관계도 없는 일이었다. 나는 그에게도 그렇게 말했다. 그러나 그는 벌써 책상 너머로 그리스도의 십자가상을 내 눈앞에다 내밀고 미친 듯이 소리를 질렀다.

"나는 기독교 신자야. 나는 이분에게 자네 죄를 용서를 구하고 있어. 어째서 자네는 그리스도가 자네를 위하여 괴로움을 당하셨다는 것을 믿지 않는단 말인가?"

나는 그가 나에게 자네라고 하는 것을 알아차렸으나, 이제는 진절머리가 났다. 더위는 점점 더 심해졌다. 별로 이야기를 듣고 싶지도 않은 사람으로부터 벗어나고 싶을 때 내가 늘 하는 것처럼, 나는 그의 말을 수긍하는 체했다. 그랬더니 놀랍게도 그는 의기양

양해서 말했다.

"그것 봐, 자네도 믿잖아? 하느님께 마음을 바치겠지?"

물론 나는 다시 한 번 아니라고 했다. 그는 다시 안락의자에 주저앉았다.

그는 매우 피곤한 듯했다. 잠시 그는 아무 말도 없었으나, 그동안에도 대화를 좇아 멈추지 않고 있던 서기가 마지막 이야기를 계속하여 타자기로 치고 있었다. 이윽고 판사가 나를 약간 슬픈 표정으로 물끄러미 바라보고 나서 중얼거렸다.

"당신처럼 고집 센 사람은 없었습니다. 내 앞으로 온 죄인들은 이 고뇌의 형상을 보고는 모두 울었어요."

나는, 그것은 바로 그들이 죄인이었으니까 그런 거라고 대답하려 했다. 그러나 나도 그들과 다르지 않다는 생각이 들었다. 그것은 나로서는 도무지 실감이 나지 않는 생각이었다. 그때 판사가 일어섰다. 심문이 끝났다는 것을 의미하는 듯했다. 그는 여전히 좀 피곤한 표정으로 내가 한 행동을 후회하고 있느냐고만 물었다. 나는 잠깐 생각을 하고 나서, 사실 후회를 느끼기보다도 오히려 지루하다고 대답했다. 나는 그가 나를 이해하지 못하는 듯한 인상을 받았다. 그날, 이야기는 그것으로 그치고 더 나아가지 못했다.

그 뒤 몇 번이나 예심판사를 만났다. 다만 만날 때마다 나는 변호사를 동반했다. 이야기는 나로 하여금 먼젓번에 한 진술의 어떤 점을 좀더 자세히 말하게 하는 정도에 그쳤다. 그렇지 않으면 판사는 나의 변호사와 소송비용에 대해 이야기를 하는 것이었다. 그러나 실상 그때마다 그들은 나를 조금도 돌보지 않았다. 어쨌든 차츰차츰 심문의 방식이 달라졌다. 판사는 이미 나에게는 관심이 없는 것 같았고, 이를테면 내 사건의 성격을 규정지어버린 모양이었다. 그는 다시는 나에게 하느님 이야기를 하지 않았으며, 나는 첫날처럼 흥분한 그를 다시 보지도 못했다. 그 결과 우리의 대화는 점점 화기애애해졌다. 몇몇 질문이 있고, 내 변호사와 이야기를 좀 하고 나면 심문은 끝나는 것이었다. 나의 사건은, 판사의 표현을 빌리자면 궤도에 올랐다. 이따금 대화가 일반적 성질을 띠게 되면 나도 거기에 한몫 끼곤 했다. 그제야 숨을 쉴 수 있었다. 그런 때는 아무도 나에게 악의를 보이지 않았다. 모든 것이 자연스럽고 순조로우며, 수수하게 치러져, 나는 '가족들 사이에 끼어 있는 것 같은' 어처구니없는 인상을 받는 것이었다. 이리하여 11개월 동안이나 계속된 예심을 치르고 나서 나는, 이따금 판사가 그의 방문까지 나를 배웅하고 어깨를 두드리며, "오늘은 끝났습니다, 반기독교인 양반" 하고 다정스럽게 이야기해주던 그 흔하지 않은 순간을 무엇보다도 즐겼었다는 사실에 스스로도 놀랐다고 말할 수 있다. 판사의 방문을 나서면 나는 다시 경관의 손에 맡겨지는 것이었다.

2

죽어도 이야기하고 싶지 않았던 일들도 있다. 교도소에 들어와서 며칠이 지나자, 나는 그 시기에 대해서는 이야기하고 싶지 않았다.

그 뒤 그러한 혐오감에, 나는 더 이상 큰 의미를 두지 않았다. 사실, 처음에는 교도소에 있다는 실감이 나지 않았던 것이다. 나는 막연히 뭔가 새로운 사건을 기대하고 있었다. 모든 것이 시작된 것은, 다만 마리의 최초이자 유일한 방문을 받은 다음부터였다. 그녀의 편지를 받은 날부터(마리는 내 아내가 아니라서 이제는 면회를 허가받을 수 없다고 말하고 있었다), 그날부터 나는 감방이 내 집이고 내 생활은 그 속에 한정되어 있음을 느끼게 되었다. 체포되던 날 우선 나는 이미 수감자들 여럿이 있는 감방에 갇히게 되었는데, 대부분이 아랍 사람들이었다. 그들은 나를 보더니 웃었다. 그리고 무엇을 했느냐고 물었다. 아랍 사람을 한 명 죽였다고 대답하니까, 그들은 쥐죽은 듯이 조용해졌다. 잠시 뒤 저녁이 되었다. 그들은 누워 잘 때 돗자리를 어떻게 펴는지 가르쳐주었다. 한 끝을 말아서 베개로 사용할 수 있는 것이었다. 밤새도록 빈대가 얼굴 위를 기어다녔다. 며칠이 지나자 나는 독방으로 격리되어 판자 위에서 자게 되었다. 변기통과 쇠로 만든 대야가 있었다. 교도소는 시가지 꼭대기에 있었으므로, 조그만 창문으로 바다가 보였다. 어느 날 철창에 달라붙어 빛을 향해 얼굴을 내밀고 있으려니, 바로 그때 간수가 들어와서 면회하러 온 사람이 있다고 말했다. 마리라고 생각했다. 과연 마리였다.

면회실로 가기 위해 기다란 복도를 거쳐서 계단을 지나, 끝으로 또 다른 복도를 지나갔다. 그리하여 널따란 창으로 빛이 들어오는 커다란 방에 들어섰다. 방은, 세로로 자른 두 개의 커다란 철책으로 셋으로 나뉘어 있었다. 두 철책 사이에는 8미터 내지 10미터가량 되는 간격이 있어서, 면회인과 죄수를 갈라놓고 있었다. 내 앞에 줄무늬 옷을 입고 얼굴이 햇볕에 그을린 마리가 보였다. 내가 서 있는 쪽에는 수감자들이 여남은 명 있었는데, 대부분이 아랍 사람들이었다. 무어인들에게 둘러싸인 마리는 면회 온 두 여자 사이에 끼여 있었다. 하나는 입을 꼭 다물고 검은 옷을 입은 키가 자

그마한 노파였다. 또 하나는 모자도 안 쓴 뚱뚱한 여자였는데, 과
장된 몸짓을 하며 큰 소리로 지껄이고 있었다. 철책 사이의 거리
때문에 면회인이나 죄수들은 아주 빈 벽면에 반사되어 울리는 왁
자지껄한 목소리와 하늘로부터 유리창 위에 쏟아져서 방 안으로
비쳐 들어오는 강한 빛으로 나는 현기증이 났다. 내 감방은 보다
더 조용하고 어두웠다. 그곳에 익숙해지려면 잠시 시간이 필요
했다. 그러나 마침내 나는 밝은 빛에 드러난 얼굴들을 똑똑히 볼
수 있게 되었다. 간수 한 사람이 철책 사이의 복도 끝에 앉아 있는
것을 보았다. 아랍 사람 죄수들 대부분과 그 가족들도 서로 마주
향한 채 웅크리고 앉아 있었다. 그들은 크게 소리지르지는 않았
다. 그처럼 소란스러운 가운데서도 그들은 나직한 말로 의사가 통
하는 것이었다. 아래로부터 올라오는 그들의 희미한 속삭임은 머
리 위에서 교차하는 말소리에 대해 줄곧 일종의 저음부를 이루고
있었다. 그런 모든 것을 나는 마리에게로 다가가면서 한순간에 알
아챘다. 벌써 철책에 달라붙어서, 마리는 나를 향해 있는 힘을 다
하여 웃고 있었다. 나는 그녀가 매우 아름답다고 생각했으나, 그
런 말을 그녀에게 하지는 못했다.

"어때요?"

아주 큰 소리로 마리가 말했다.

"괜찮아."

"불편하진 않아요? 뭐 필요한 건 없어요?"

"아무것도 없어."

우리는 입을 다물었다. 마리는 여전히 웃고 있었다. 뚱뚱한 여자는 내 옆의 남자에게 큰 소리로 외치고 있었다. 아마 그녀의 남편인 듯, 솔직한 눈매를 가진 덩치가 큰 금발의 사내였다. 그들은 무슨 말인지 이미 시작된 대화를 계속하고 있었다.

"잔은 그를 맡으려고 하질 않아요."

여자는 소리소리 질렀다.

"응, 그래?"

사내가 말했다.

"당신이 나오면 꼭 데려갈 거라고 말했는데 맡으려고 하지를 않아요."

그때 마리도 레몽이 내게 안부를 전하더라고 소리를 질러서 나는 "고맙다"고 대답했다. 그러나 내 목소리는, "그 녀석은 잘 있느냐"고 묻는 나의 옆 사나이의 목소리에 묻혀버리고 말았다. 그의 아내는, "더할 나위 없이 몸이 좋아졌다"고 말하면서 웃었다. 내 왼편에 있는, 손이 가냘프고 몸집이 작은 청년은 아무 말도 없었다. 그는 자그마한 노파와 마주 대하고 두 사람 다 뚫어지게 서로 마주보고 있었다. 그러나 나는 그들을 더 관찰할 여유가 없었다. 희망을 가져야 한다고 마리가 외쳤기 때문이다. 나는 "그렇지" 하고 대답했다. 그와 동시에 마리를 바라보고, 입은 옷 위로 그녀의 어깨를 껴안고 싶었다. 나는 그 얇은 천에 욕망을 느꼈다. 그리고 그 천 이외의 무엇을 기대해야 할지 알 수가 없었다. 마리가 하고자 한 말도 아마 그런 뜻이었으리라. 마리는 줄곧 미소를 짓고 있었으니까 말이다. 이제 나에게는 그녀의 반짝이는 치아와 눈가의 잔주름밖에 보이지 않았다. 마리는 다시 외쳤다.

"당신이 나오면, 우리 결혼해요."

나는 "정말 그렇게 생각해?" 하고 대답했다. 그러나 그것은 무엇보다도 무슨 말이건 하기 위해서였다. 그러자 마리는 아주 빨리, 그리고 여전히 높은 음성으로 정말이라면서 석방되면 또 해수욕을 하러 가자고 말했다. 그러나 곁에 있던 여자도 고함을 지르며, 서기과에 바구니를 맡겼다고 말하고, 그 속에 넣은 것을 하나하나 열거했다. 돈이 많이 든 것들이니, 없어진 것이 없나 확인해볼 필요가 있다는 것이었다. 내 왼쪽의 청년과 그의 어머니는 여전히 서로 마주보고 있었다. 아랍 사람들의 웅얼거리는 소리는 우리의 발밑에서 계속되었다. 밖에서는 빛이 창에 부딪쳐 부풀어 오르는 것 같았다. 빛은 얼굴 위를 신선한 액체처럼 흘러내렸다.

나는 몸이 좀 불편해지는 것을 느껴서 밖으로 나오고 싶었다. 시끄러운 소리 때문에 기분이 언짢았다. 그러면서도 한편으로는 마리가 있는 시간을 좀 더 이롭게 쓰고 싶었다. 그 뒤로 얼마나 시간이 지났는지 모른다. 마리는 자기 일에 관한 이야기를 하며 끊임없이 웃고 있었다. 속삭임, 외치는 소리, 주고받는 이야기 소리가 서로 뒤섞였다. 내 옆에서 서로 마주 바라보고 있는 젊은이와 노파, 두 사람만이 침묵하고 있었다. 아랍 사람들이 한 명씩 차례로 끌려나갔다. 맨 처음 사람이 나가자, 거의 모든 사람들이 입을 다물었다. 키 작은 노파가 철책에 다가섰고 그와 동시에 간수가 그의 아들에게 눈짓을 했다. 아들이, "안녕히 가세요, 어머니" 하고 말하자, 노파는 창살 사이로 손을 들이밀어 한참 동안 아들에게 천천히 조그맣게 손짓을 했다.

　노파가 나가자 그 사이에 남자 한 사람이 모자를 손에 들고 들어와서 그 자리를 차지했다. 그러자 죄수 한 사람이 끌려 들어왔고, 그들은 활기 있게 이야기를 시작했는데 목소리는 낮았다. 방 안이 다시금 조용해졌기 때문이었다. 내 오른편에 있는 사내가 불려 나갈 차례가 되자, 그의 아내는 마치 소리를 크게 지를 필요가 없어진 것을 알아차리지 못했다는 듯이 목소리를 낮추지 않고 말했다.

　"몸조심하세요."

　그리고 내 차례가 왔다. 마리는 키스를 보내는 시늉을 했다. 나는 방을 나서기 전에 다시 한 번 마리를 돌아보았다. 그녀는 얼굴을 창살에 비벼대며 여전히 딱딱하게 굳어진 듯한 웃음을 지으며 우두커니 서 있었다.

마리가 편지를 보낸 것은 그 직후의 일이었다. 그리고 그때부터 내가 절대로 이야기하고 싶지 않았던 일도 시작되었다. 어쨌든 무엇이나 과장은 하지 말아야 하는 법인데, 내게는 다른 사람들보다도 쉬웠다. 처음 교도소에 수감되어서 가장 괴로웠던 일은, 내가 자유로운 사람으로서 생각을 하는 것이었다. 예를 들면 바닷가로 가서 물속으로 들어가고 싶은 욕망에 사로잡혔다. 발밑에 부딪치는 물결 소리, 물속에 몸을 담그는 촉감, 거기서 느끼는 해방감, 그런 것들을 상상할 때, 갑자기 나는 감옥의 벽이 얼마나 답답한 것인가를 느끼는 것이었다. 그러나 그것은 몇 달 동안만 계속되었을 뿐이었다. 그 다음에는 죄수로서의 생각밖에 없었다. 나는 매일 안뜰에서 하는 산책이나 변호사의 방문을 기다렸다. 나머지 시간은 그럭저럭 잘 보낼 수 있었다. 그 당시 나는, 만약 마른 나무 둥치 속에 들어가 살게 되어 머리 위 하늘에 피는 꽃을 바라보는 것밖에 다른 일이라곤 아무것도 없게 된다고 하더라도, 차츰 그런 생활에 익숙해지리라고 생각했다. 그러면 나는 지나가는 새들이나 마주치는 구름들을 기다렸을 것이다. 마치 여기서 변호사의 야릇한 넥타이가 나타나기를 기다리듯이, 또 저 바깥세상에서 마리를 안을 것을 기다리며 토요일까지 참고 지냈듯이. 그런데 가만 생각해보면, 나는 마른 나무둥치 속에 들어 있는 것은 아니었다.

나보다 더 불행한 사람들도 있었다. 사실 이건 어머니의 생각이었는데 어머니는 늘 말하기를, 사람은 무엇에나 결국은 익숙해지는 것이라고 했다.

게다가 보통은 그런 지경에까지 이르는 경우는 없었다. 처음 몇 달 동안은 괴로웠지만, 바로 그 노력이 그 몇 달 동안을 지내는 데 도움이 된 것이다. 이를테면 여자에 대한 정욕이 고통거리였다. 나는 젊었으니까 그것은 당연한 일이었다. 특히 마리만을 생각하는 것은 아니었다. 기회가 있을 때마다 좋아하여 사귀었던 그저 어떤 여자, 여러 여자들, 모든 여자들 생각을 얼마나 많이 했는지 내 감방은 그 여자들의 얼굴과 내 정욕으로 가득 찼다. 어떤 면에서 그것들은 내 마음을 어지럽게 했으나, 또 다른 면에서는 시간을 보낼 수 있게 해주었다.

마침내 나는 식사시간에 주방 보이와 같이 오곤 하던 간수장의 동정을 얻게 되었다. 처음 나에게 여자 이야기를 끄집어낸 것은 그였다. 다른 사람들도 가장 먼저 호소하는 것이 그것이라고 그는 말했다. 나는 그에게, 나도 다른 사람들과 마찬가지이며 그런 대우는 부당하다고 생각한다고 말했다.

"하지만 당신네들을 감옥에 가두는 것이 바로 그 때문이라오."

그가 말했다.

"어째서, 그 때문이라니요?"

"아무렴, 자유라는 게 바로 그런 거라고요. 당신네들에게서 그 자유를 빼앗는 거란 말이오."

그런 것은 생각해본 일이 없었다. 나는 그에게 동의를 표시하며 말했다.

"정말 그렇군요. 그렇지 않다면 벌이 무슨 필요가 있겠어요?"

"그래요, 당신은 이해를 잘하는군. 다른 사람들은 몰라요. 그렇지만 결국 그네들도 스스로 욕구를 채우게 된답니다."

간수는 이렇게 말하며 가버렸다.

담배도 고통거리였다. 교도소에 들어오자 나는 허리띠, 구두끈, 넥타이, 그리고 주머니에 있던 모든 것, 특히 담배를 빼앗겼다. 일단 감방으로 옮겨진 뒤 담배를 돌려달라고 부탁했지만, 금지되어 있다는 것이었다. 처음 며칠 동안은 매우 괴로웠다.

내게 가장 고통을 준 것은 아마 이것이었을 것이다. 나는 침대 판자에서 뜯어낸 그 나뭇조각을 빨곤 했다. 온종일 끊임없이 구역질이 따라다녔다. 아무에게도 해가 되지 않은 것을 왜 빼앗아버리는지 알 수가 없었다. 나중에야 나는 그것도 벌의 일부임을 알았다. 그러나 그때는 이미 담배를 피우지 않는 일에 익숙해져서 나에게 아무런 벌도 되지 못했다.

그런 불편을 빼면 나는 그다지 불행하지 않았다. 다시 말해, 문제는 시간을 보내는 것뿐이었다. 추억을 되새기는 것을 배운 뒤부터는, 지루한 일도 없어졌다. 가끔 나는 내 방을 생각했다. 상상 속에서, 나는 방 한구석으로부터 출발해 한 바퀴 돌아서 다시 출발점으로 되돌아오곤 했는데, 그러면서도 도중에 있는 것을 모두 마음속으로 열거해 보곤 했다. 처음에는 아주 빨리 끝났지만, 다시 되풀이할 때마다 조금씩 길어졌다. 왜냐하면 있는 가구를 하나씩 기억해내고, 그 가구마다 그 속에 들어있는 물건들을 하나씩 떠올렸고, 또 그 물건마다 그 세세한 부분까지 생각하고, 그런 세세함에 있어서도 상감이라든지 갈라진 틈이라든지 이 빠진 가장자리라든지 그런 것들에 관해서, 그 빛깔 또는 결 같은 것을 생각했기 때문이다. 그와 동시에 나는 내 재산 목록을 잊지 않으려고 온전한 일람표를 만들기에 힘썼다. 그 결과, 몇 주가 지나자 내 방 안에 있는 것들을 따져보는 것만으로도 여러 시간을 보낼 수 있었다. 그처럼 생각하면 할수록 나는 내가 무시했던 것, 잊어버렸던 것들을 기억으로부터 이끌어낼 수 있었다. 그때 나는 바깥세상에서 단 하루만이라도 산 사람이면 감옥에서 백 년쯤은 어렵지 않게 살 수 있을 것이라고 생각했다. 그런 사람이라도 얼마든지 추억할 거리가 있어 심심하지는 않을 것이다. 어떻게 생각하면 그건 유리한 일이었다.

또 잠도 마찬가지였다. 처음에는 밤에도 자기 어려웠고, 더군다나 낮에는 조금도 잘 수가 없었다. 차츰 밤에 자기가 수월해졌고,

낮에도 잘 수 있게 되었다. 마지막 수개월 동안은 하루에 열여섯 시간 내지 열여덟 시간씩 잤다고 할 수 있다. 그러니까 남는 것은 여섯 시간인데, 그것은 식사며 대소변이며 추억이며 체코슬로바 키아의 이야기로 보냈다.

 짚을 넣은 매트와 침대 판자 사이에서 사실 나는 옛 신문을 한 장 발견했던 것이다. 천에 거의 들러붙어서 노랗게 빛이 바래고 앞뒤가 비쳐 보였다. 첫 대목은 떨어져 나가고 없었으나, 체코슬 로바키아에서 일어난 듯한 사건 기사가 실려 있었다. 어떤 남자가 돈을 벌려고 체코를 떠났다가 25년 뒤에 부자가 되어 아내와 어린 애 하나를 데리고 돌아왔다. 그의 어머니는 그의 누이와 함께 고 향마을에서 여관을 운영하고 있었다. 그들을 놀라게 해주려고 사 내는 처자를 다른 여관에 남겨두고 혼자 어머니의 집으로 갔었는 데, 그가 들어갔을 때 어머니는 그를 알아보지 못했다. 그는 장난 삼아 방을 하나 잡자는 생각을 했다. 그리고 자기가 지닌 돈을 보 였다. 밤중에 그의 어머니와 누이는 그를 망치로 때려죽이고 돈을 훔친 다음 시체를 강물 속에 던져버렸다. 아침이 되자, 사내의 아 내가 찾아와서 자연히 여행자의 신분이 밝혀졌다. 어머니는 목을 매고, 누이는 우물 속에 몸을 던졌다. 그 이야기를 아마 수천번은 읽었을 것이다. 그것은 있을 법하지 않은 이야기였지만, 또 한편 으로는 그럴 법도 한 이야기였다. 어쨌든 그 결과에 대해서는 이 여행자에게도 어느 정도 책임이 있으므로, 장난이란 함부로 할 것이 아니라는 생각이 들었다.

그처럼 잠을 자고 지나간 일을 생각하고 기사를 읽고, 빛과 어둠은 갈아들고 시간은 흘렀다. 감옥에 있으면 시간 관념을 잃어버리고 만다는 것을 어디선가 분명히 읽은 일이 있었지만, 그때는 그런 것이 나에게는 별 의미를 갖지 못했었다. 한나절이 얼마나 길고 동시에 짧을 수 있는 것인지 나는 알지 못했던 것이다.

물론 지내기는 길지만 너무 길게 늘어져서 하루는 다른 하루로 넘쳐서 경계가 없어지고 마는 것이었다. 하루하루 이름을 잊어버렸다. 나에게 의미를 가진 것은 어제 혹은 내일이라는 말뿐이었다.

어느 날 간수가 내가 들어온 지 다섯 달이 지났다고 했을 때도 그의 말은 믿었지만, 그 말을 이해할 수는 없었다. 나로서는 언제나 같은 날이 내 감방으로 밀려오는 것이었고, 언제나 같은 일을 계속하고 있는 데 지나지 않았다. 그날 간수가 가 버린 뒤 나는 쇠밥그릇에 비친 내 모습을 바라보았다. 내 모습은 내가 그것을 보고 아무리 웃으려고 해도 여전히 정색을 하고 있었다. 그 모습을 내 앞에서 흔들어보았다. 나는 빙그레 웃었으나, 비쳐진 얼굴은 여전히 위압적이고 슬픈 표정이었다. 날이 저물어가고 있었다. 나에게 있어서는 이야기하고 싶지 않은 시간이었다. 뭐라고 형언할수 없는 이 시간에, 교도소 모든 층 여기저기로부터 저녁의 소리가 침묵의 행렬을 지어 올라왔다. 천장에 뚫린 창문으로 다가가서 마지막 빛 속에 다시 한 번 내 모습을 들여다보았다. 여전히 심각한 표정이었으나, 심각하다고 해서 놀라울 건 없었다. 나는 사실 그때 무뚝뚝한 얼굴을 하고 있었던 것이니까. 그러나 그와 동시에, 여러 달 만에 처음으로 나는 내 목소리를 똑똑히 들었다. 나는 그것이 오래전부터 내 귀에 울리고 있었던 소리임을 알아차리고, 그동안 줄곧 내가 혼자서 이야기하고 있었다는 것을 깨달았다. 그때 나는 어머니의 장례식 날, 간호사가 했던 말이 떠올랐다. 정말 빠져나갈 길은 없다. 그리고 교도소 안의 저녁이 어떤 것인지 아무도 상상할 수는 없는 것이다.

3

사실 여름은 빨리 지나가고 또다시 여름이 되었다고 말할 수 있다. 첫 더위가 심해짐에 따라 내게 무슨 새로운 일이 생기기라는 것을 나는 알고 있었다. 내 사건은 중죄 재판소의 맨 나중 회기에 심의할 예정으로 기록되어 있었는데, 그 회기는 6월로 끝나는 것이었다. 변론이 시작되었을 때, 밖에는 햇빛이 가득했다. 변론은 2, 3일 이상 계속되지 않을 것이라고 변호사가 나에게 보증했다.

"게다가 당신 사건은 이번 회기의 제일 중요한 사건이 아니니까, 재판정에서도 서두를 겁니다. 뒤이어 곧 존속살해 사건을 심의하게 될 것입니다."

그는 이렇게 덧붙였다.

나는 아침 일곱 시 반에 불려 나가서 호송차로 재판소까지 호송

되었다. 그리하여 간수 두 사람의 지시에 따라 어둠침침한 조그만 방 안으로 들어갔다. 우리는 문 옆에서 앉아서 기다렸는데, 그 문 뒤로 말 소리, 호명 소리, 의자 소리, 그리고 축제를 연상케 하는 소란스러운 소리가 들려왔다. 동네 축제에서 음악 연주가 끝나고 춤을 출 수 있도록 방 안을 정리할 때 들리는 소리처럼. 재판이 열리기까지 기다려야 한다고 간수들이 내게 말했고, 간수 하나가 담배 한 대를 내게 권했으나 나는 거절했다. 조금 뒤에 그가 나더러 '떨리느냐'고 묻기에, 나는 아니라고 대답했다. 어떤 의미로는, 재판 구경을 한다는 것은 흥미로운 일이기까지 했다. 나는 평생 그런 기회를 한 번도 가져보지 못했기 때문이다. 그러자 또 다른 간수가 말했다.

"그야 볼만하지. 그렇지만 나중엔 지칠 거요."

잠시 뒤에 작은 벨 소리가 방 안에 울렸다. 간수들은 내 수갑을 풀었다.

그들은 문을 열고 나를 피고석으로 들여보냈다. 법정에는 사람들이 꽉 들어차 있었다. 블라인드가 내려져 있는데도 햇빛이 여기저기 새어 들어왔고 벌써부터 공기는 숨막힐 지경이었다. 유리창을 닫아둔 채였던 것이다. 내가 의자에 걸터앉자, 간수들이 나의 좌우에 자리를 잡았다. 내 앞에 나란히 열을 지은 얼굴들이 눈에 띈 것은 바로 그때였다. 모두 나를 바라보고 있었다. 나는 그들이 배심원이라는 것을 깨달았다. 그러나 그 얼굴들을 구별짓고 있던 특징을 나는 말할 수가 없다. 난 단 한 가지 인상만 받았다. 말하자면 전차 좌석을 눈앞에 보고 있는 것 같았는데, 그 이름 모를 승객들이 뭔가 웃음거리를 찾아보려고 새로 오르는 승객을 훑어보는 것과 같았다. 그러나 그들 배심원이 찾고 있던 것은 웃음거리가 아니라 죄였으니까 그것이 어리석은 생각이라는 것은 나도 잘 알고 있었다. 그러나 그 차이는 그리 큰 것이 아니고, 어쨌든 머리를 스친 것은 그러한 생각이었던 것이다.

나는 또 그 닫힌 방 안에 들어찬 사람들 때문에 좀 어리둥절했었다. 재판정 안을 다시 한 번 둘러보았으나, 어느 얼굴 하나 분간할 수 없었다. 처음에 나는 그 모든 사람들이 나를 보려고 복닥거리며 모여들었다는 사실을 알아차리지 못했던 것 같다. 평소라면 사람들은 나에게 관심을 기울이지 않는다. 내가 그런 법석의 원인이라는 것을 이해하기 위해서는 노력이 필요했다.

"사람들도 어지간히 많군!"

내가 간수에게 말하자, 간수는 신문 때문이라고 대답하며 배심원석 밑의 책상 옆에 자리잡은 한 무리를 가리켰다.

"저기들 와 있소."

그가 말했다.

"누구 말이오?"

내가 물었다.

"신문기자들."

그는 다시 말했다.

간수는 기자 한 사람을 알고 있었는데, 그 기자가 그때 간수를 보고 우리 쪽으로 걸어왔다. 꽤 나이가 많고 약간 찌푸린 얼굴이었으나 느낌이 좋았다.

그는 매우 다정스럽게 간수의 손을 잡았다. 그때 나는 마치 같은 부류의 사람들끼리 서로 만나서 즐거워하는, 무슨 사교클럽에라도 와 있는 것처럼 모든 사람들이 서로 아는 얼굴을 찾아서 이야기를 걸고 말을 주고받는 것을 보았다. 또 나는 어쩐지 침입자 같고 쓸데없는 존재인 것 같은 기묘한 느낌이 들었다. 그러나 신문기자는 웃음을 띠면서 나에게 말을 걸었다. 그는 모든 것이 나에게 유리하게 되기를 바란다고 말했다. 내가 그에게 고맙다고 하자, 그가 이렇게 덧붙였다.

"우리는 말이죠, 당신의 사건을 좀 키워서 보도했답니다. 여름철은 기삿거리가 없는 계절이거든요. 기삿거리가 될 만한 것이라곤 당신의 사건하고 직계존속살해 사건밖에 없었어요."

그리고 그는, 자신이 방금 빠져 나온 사람들 가운데 살찐 족제비처럼 생긴, 큼직한 검은 테 안경을 쓴 키가 자그마한 사나이를 가리켰다. 파리에 있는 모 신문의 특파원이라고 했다.

"하기야 저 사람이 당신 사건 때문에 온 것은 아니지요. 그렇지만 직계존속살해 사건에 관한 보고를 하기로 되어 있는 까닭에, 동시에 당신의 사건도 기사로 만들어 보내라는 지시를 받은 겁니다."

그 말에 대해서도 나는 하마터면 고맙다고 할 뻔했다. 그러나 그것은 우스운 일일 것이라는 생각이 들었다. 그 사람은 나에게 조그맣게 다정스러운 손짓을 해 보이고 가버렸다. 우리는 또 몇 분 동안 더 기다렸다.

변호사가 법복을 입고 여러 동료들에게 둘러싸여 들어왔다. 그는 신문기자들에게 가서 악수를 했다. 그들은 농지거리를 주고받고 웃기도 하며 아주 느긋한 태도였는데, 마침내 법정 안에 벨이 요란스럽게 울렸다. 모두들 자기 자리로 돌아갔다. 내 변호사는 내게로 와서 악수를 했고, 질문을 받으면 짤막하게 대답하고 이쪽에서 먼저 말을 꺼내지 않도록 하며 그 밖의 일은 자기에게 맡기라고 충고했다.

내 왼쪽에서 의자를 뒤로 당기는 소리가 들리더니, 붉은 법복을 입고 코안경을 쓴, 키가 크고 호리호리한 사나이가 조심스럽게 옷을 여미며 앉는 것이 보였다. 검사였다. 서기가 개정을 알렸다. 동시에 커다란 선풍기 두 개가 윙윙거리기 시작했다. 둘은 검정 옷을 입고, 하나는 붉은 옷을 입은 판사 세 사람이, 서류를 가지고 들어와서 실내를 한눈에 내려다볼 수 있는 단으로 빨리 걸어갔다.

붉은 옷을 입은 사나이는 중앙의 놓인 의자에 자리잡고 앉아서, 앞에 둥근 모자를 벗어놓고 조그만 대머리를 손수건으로 닦고 나서 재판 개정을 선언했다.

신문기자들은 벌써 만년필을 손에 들고 있었다. 그들은 모두 냉담하고 약간 비웃는 태도였다. 그러나 그들 가운데 푸른 넥타이를 매고 회색 플란넬 옷을 입은 아주 젊은 청년 하나만은 만년필을 앞에 놓은 채 나를 바라보고 있었다. 약간 균형이 잡히지 않은 듯한 얼굴에서 나에게는 매우 맑은 두 눈만 보였다. 그 눈은 나를 뚫어지게 보고 있었는데, 이렇다 할 아무것도 표현하고 있지 않았다. 나는 나 자신의 눈으로 나를 바라보고 있는 것 같은 야릇한 인상을 받았다. 아마도 그 때문에, 그리고 또 내가 그곳의 관습을 몰랐었기 때문에, 나는 뒤이어 일어난 모든 일을 잘 이해할 수가 없었다. 배심원들의 추첨과 변호사, 검사, 배심원에 대한 재판장의 질문(그때마다 배심원들의 얼굴은 모두 동시에 재판장석으로 향했다), 기소장은 빠른 낭독, 그 속에서 나는 지명들과 인명들, 그리고 다시 내 변호사에 대한 질문을 알아들을 수 있었다.

그러나 재판장이 증인 호출을 하겠노라고 말했다. 서기는 몇몇 이름들을 불렀다. 그 이름들은 내 주의를 끌었다. 여태까지 혼잡하던 방청객들 속으로부터, 한 사람씩 일어서서 옆문으로 사라지는 것이 보였다. 양로원 원장, 문지기, 토마 페레 영감, 레몽, 마송, 살라마노, 마리. 마리는 나에게 조그맣게 근심스럽다는 신호를 보냈다. 나는 그들이 진작 눈에 띄지 않았던 것에 놀랐다. 바로 그때 끝으로 호명되어 셀레스트가 일어섰다. 그의 곁에는 언젠가 레스토랑에서 보았던, 몸집이 작은 여자가 기억 속의 그 재킷을 입고 정확하고 단호한 태도로 기다리고 있는 것이 보였다. 그녀는 나를 뚫어지게 바라보고 있었다. 그러나 재판장이 또 이야기를 시작했기 때문에 나는 생각할 여유가 없었다. 재판장은 정식 변론이 이제부터 시작될 것이라는 말을 하고 나서, 방청인들에게 새삼스럽게 정숙을 요청할 필요조차 없을 것으로 생각한다고 말했다. 그의 말에 의하면 사건의 변론을 공명정대하게 진행시키는 것이 자기의 직분이며, 자기는 객관적인 눈으로 사건을 보려고 한다는 것이었다. 배심원들이 내리는 결정은 정의의 정신에 입각하여 내려져야 한다, 조그만 사고라도 있으면 방청객들에게 퇴장을 명할 것이라고 말했다.

더위는 점점 심해져서, 방청객들이 신문을 가지고 부채질을 하는 것이 보였다. 그 때문에 구겨진 종이 소리가 계속해서 났다. 재판장이 손짓을 하자, 서기가 짚으로 엮은 부채 세 개를 가져왔고 세 사람의 판사는 그것을 바로 사용했다.

심문은 바로 시작되었다. 재판장은 나에게 아주 부드럽게, 거의 다정스러운 어조로 (나는 그렇게 생각되었다) 질문을 했다. 또다시 내

신분을 대라고 했는데 짜증이 나기는 했으나, 사실 당연한 일이라고 생각했다. 왜냐하면 어떤 사람을 다른 사람으로 잘못 알고 재판을 한다면 너무나 중대한 일이 되기 때문이다. 그러더니 재판장이 내가 한 일을 얘기하기 시작했는데 두서너 마디 하고는 매번, "그렇지요?" 하고 나에게 물었다. 그럴 때마다 나는 변호사의 지시에 따라 "네 그렇습니다. 재판장님" 하고 대답했다. 재판장은 매우 세밀한 부분까지 얘기했으므로 좀처럼 끝나지 않았다. 그동안 신문기자들은 줄곧 받아쓰고 있었다. 나는 그중 젊은 기자의 시선과 그 인형 같은 키 작은 여자의 시선을 느끼고 있었다. 전차의 좌석에 앉아 있는 것 같은 사람들은 모두 재판장에게로 고개를 돌리고 있었다. 재판장은 기침을 하고, 서류를 뒤적이고 나서 부채질을 하며 내게로 눈을 돌렸다.

재판장은 나에게, 이제부터 겉으로는 내 사건과 아무 관계도 없는 듯이 보이지만, 실은 아마 밀접한 관계가 있으리라고 여겨지는 문제를 다뤄야겠다고 말했다. 나는 또 어머니에 대해 이야기하려는 것임을 알았는데, 동시에 그것이 내게 얼마나 귀찮은 일인가를 깨달았다. 왜 어머니를 양로원에 보냈느냐고 재판장이 물었다. 어머니에게 간호사를 붙이거나 치료를 할 만한 돈이 없었기 때문이라고 나는 대답했다. 그것이 나 개인에게 부담이 되는 일이었느냐고 물었기에, 어머니도 우리는 이미 서로에게 아무것도 기대할 것이 없었고 또 누구에게도 기대를 하고 있지 않았으며 그리고 우리는 각기 새로운 생활에 익숙해져버렸다고 대답했다. 그러자 재판장은 그 점에 관해서 더 논의하지 않겠노라고 말한 다음, 검사에게 다른 질문이 없느냐고 물었다.

검사는 절반쯤 나에게 등을 돌리고 있었다. 그는 나를 보지 않은 채, 재판장이 허락한다면 내가 아랍 사람을 죽일 생각으로 혼자서 샘으로 되돌아갔는지 어떤지 알고 싶다고 말했다.

"아닙니다."

나는 말했다.

"그렇다면 저 사람이 무기는 왜 가지고 있었으며, 바로 그곳으로 되돌아간 이유는 무엇이었을까요?"

"그건 우연이었습니다."

그러자 검사는 안 좋은 어조로 이렇게 말했다.

"지금은 그만하겠습니다."

그러고 나서는 모든 것이 좀 어수선해졌다. 적어도 나에게는 그랬다. 그러나 잠시 의논을 하고 나서 재판장은 폐정을 선언하고, 오후에는 증인 심문이 있을 것이라고 말했다.

나는 생각할 여유가 없었다. 끌려 나와서 호송차에 실려 교도소로 돌아와서 점심을 먹었다. 매우 짧은 시간, 피곤함을 겨우 느낄 만한 시간이 지나자, 나는 다시 불려 나갔다. 모든 것이 다시 시작되었다. 나는 같은 방 안에 같은 얼굴들 앞에 앉게 되었다. 다만 더위가 훨씬 더 심해졌고, 마치 기적이나 일어난 듯 모든 배심원들, 검사, 변호사 그리고 몇몇 신문기자들까지도 밀짚 부채를 손에 들고 있었다. 젊은 기자와 자그마한 그 여자도 여전히 거기에 있었다. 그러나 그들만은 부채질을 하지 않고 아무 말도 없이 여전히 나를 바라보고 있었다.

나는 얼굴에 흐르는 땀을 닦았다. 그리고 양로원 원장의 이름을 부르는 소리를 들었을 때에야 비로소 그 장소와 나 자신에 대한 의식을 얼마만큼 회복할 수 있었다. 어머니가 나에 대한 불평을 말하더냐는 질문에 원장은 그렇다고 대답하고, 그러나 가족들에 대한 불평을 말하는 것은 재원자들의 일종의 괴벽이라고 덧붙였다. 내가 양로원에 넣은 것을 어머니가 못마땅하게 여기고 있었더냐고 재판장이 따져 묻자, 원장은 또 그렇다고 대답했다. 그러나 이번에는 아무 설명도 덧붙이지 않았다. 또 다른 질문에 대하여 그는, 장례식날 내가 담담한 것은 놀랐었다고 대답했다. 담담했다는 것이 어떤 의미냐고 물으니까 원장은 구두코를 내려다보고 나서, 내가 어머니를 보려하지 않았고, 한 번도 눈물을 흘리지 않았고, 장례식이 끝난 뒤에도 무덤 앞에서 묵도도 하지 않은 채 곧 떠났다고 말했다. 그를 놀라게 한 일이 또 하나 있다고 했다. 내가 어머니의 나이를 몰랐다고, 장의사 일꾼 하나가 말했다는 것이다. 잠시 침묵이 흘렀다. 재판장은 원장에게, 여태까지 한 말이 확실히 나에 관한 것임에 틀림없느냐고 물었다. 원장이 그 질문의 뜻을 알아차리지 못하자 재판장이 말했다.

"법률상 필요한 질문입니다."

그리고 재판장이 검사에게 증인에 대한 질문이 없느냐고 묻자 검사는 이렇게 외쳤다.

"아, 없습니다. 그것으로 충분합니다."

그 목소리가 무척 맹렬하고 나에게로 향한 그 눈초리가 꽤나 의기양양한 것이어서 나는 여러 해 만에 처음으로 울고 싶은 바보 같은 생각이 들었다. 그 모든 사람들이 나를 얼마나 미워하고 있는지 느꼈기 때문이다.

배심원들과 내 변호사에게 질문이 없는가 묻고 나서 재판장은 문지기의 진술을 들었다. 그에게도 다른 모든 증인들이나 마찬가지로 같은 격식의 절차가 되풀이되었다. 자리에 나와 서며, 문지기가 나를 바라보고 눈길을 돌렸다. 그는 질문에 대답했다. 내가 어머니를 보고 싶어하지 않았다는 것, 담배를 피웠다는 것, 잠을 자고 밀크커피를 마셨다는 것을 말했다. 그때 나는 무엇인가가 방청석 전체를 격앙시키는 것을 느끼고, 처음으로 내가 죄인이라는 것을 깨달았다. 재판장은 문지기에게 밀크커피 이야기와 담배 이야기를 한 번 더 시켰다. 검사는 비웃는 듯한 눈으로 나를 바라보았다.

그때 변호사가 문지기에게, 당신도 이 사람과 함께 담배를 피우지 않았느냐고 물었다. 그러나 이 질문을 듣자 검사는 벌떡 일어서더니 외쳤다.

"도대체 누가 죄인입니까? 불리한 증언을 최소한으로 하기 위하여 증인을 욕되게 하는 방법은 말이 안 됩니다. 이 증언이 결정적인 것임에는 변함이 없습니다."

그렇지만 재판장은 질문에 대답하라고 문지기에게 말했다. 영감은 당황한 빛으로 말했다.

"제가 잘못했다는 것은 잘 압니다. 그러나 저분이 권하신 담배를 거절하기가 미안해서 그랬습죠."

끝으로 나에게 덧붙여 할 말이 없느냐고 재판장이 묻기에 나는 이렇게 대답했다.

"없습니다. 다만 증인의 말이 옳다는 것을 말씀드립니다. 내가 그에게 담배를 권한 것은 사실입니다."

문지기는 그때 약간의 놀라움과 일종의 감사어린 뜻을 보이는 눈초리로 나를 바라보았다. 잠시 망설이더니 그는 밀크커피를 권한 것은 자기라고 말했다. 나의 변호사는 호기가 등등하여, 배심원들이 그것을 충분히 고려할 것이라고 외쳤다.

그러나 검사가 우리의 머리 위로 벼락같은 소리를 지르며 말했다.

"물론 배심원들께서는 그것을 고려하실 겁니다. 그리고 배심원들께서는, 아무 관계도 없는 남이야 커피를 권할 수도 있었겠지만, 자기를 낳아준 어머니의 시신 앞에서 아들로서는 모름지기 그것을 사양해야 했을 것이라고 결론 내릴 것임에 틀림없습니다."

문지기는 자기 자리로 돌아갔다.

토마 페레의 차례가 되었을 때는, 서기가 그를 증인대까지 부축해 가야 했다. 페레는 어머니를 특별히 잘 알고 있지만, 나는 장례식 날 한 번 만났을 뿐이었다고 말했다. 그는 그날 내가 무엇을 했는가 하는 질문에 대답했다.

"저는 말씀이죠, 그날 너무 슬펐습니다. 그래서 아무것도 보지 못했습니다. 가슴 속의 슬픔 때문에 아무것도 눈에 보이지 않았습니다. 나에겐 아주 엄청난 슬픔이었으니까요. 그래서 심지어 기절까지 했습니다. 그래서 나는 저분을 보질 못했습니다."

차석 검사는 내가 눈물을 흘리는 것을 보았느냐고 물었다. 페레는 보지 못했다고 대답했다. 그러니까 이번에는 검사가 말했다.

"배심원들께서는 이 점을 고려하실 겁니다."

그러나 내 변호사는 화를 내며 내가 보기에도 지나쳐 보이리만큼 목청을 돋워서 페레에게, 내가 눈물을 흘리지 않는 것을 보았느냐고 물었다. 페레는 보지 못했다고 대답했다. 방청객들이 소리

내어 웃었다. 내 변호사는 한쪽 소매를 걷어붙이면서 단호한 어조로 말했다.

"이것이 바로 이 재판의 모습입니다. 모든 것이 사실이라지만, 사실인 것은 하나도 없습니다."

검사는 무표정한 얼굴로 기록문서의 제목을 연필로 찔러대고 있었다.

5분 동안 쉬는 사이에 변호사는 모든 것이 잘 되어간다고 말했다. 휴식이 끝나자, 피고 측의 요구로 호출된 셀레스트의 진술이 있었다. 피고란 바로 나였다. 셀레스트는 때때로 나에게 시선을 던지며 두 손으로 모자를 돌리고 있었다. 그는 새옷을 입고 있었는데, 그것은 가끔 일요일 날 나와 함께 경마 구경을 갈 때 입던 것이었다. 그러나 옷깃은 바꿀 수가 없었던지 셔츠를 놋단추 하나로 채웠을 따름이었다. 내가 그의 손님이었느냐고 하는 질문에 그가 말했다.

"그렇습니다. 하지만 또한 친구이기도 했습니다."

나를 어떻게 생각하느냐는 물음에 대해, 사나이라고 대답했다. 사나이란 무슨 뜻이냐고 물으니까 그는, 그것이 무슨 뜻인지는 누구나 다 안다고 말했다. 내가 내성적인 성격을 가진 것을 알았었느냐고 하는 질문에는 다만, 무의미한 말은 하지 않는다고 대답했다. 내가 식비는 어김없이 치렀느냐고 차석 검사가 묻자 셀레스트는 웃으며 말했다.

"그건 우리 두 사람 사이의 사사로운 일입니다."

다시, 나의 범죄를 어떻게 생각하느냐는 질문을 받자 그는 증언대 위에 손을 올려놓았다. 뭔가 할 말을 미리 준비했다는 것을 누구라도 알 수 있었다.

"내 생각으로는 그건 하나의 불운입니다. 불운이 어떤 건지는 누구나 압니다. 불운이라는 건 어찌할 도리가 없습니다. 에, 또! 내 생각으로는 그건 하나의 불운입니다."

그는 더 계속하려고 했으나, 재판장이 그만하면 됐다고 말하며 수고했다고 감사 인사를 했다. 그러자 셀레스트는 약간 당황하며 좀더 이야기를 하고 싶다고 했다. 재판장은 이야기를 간단히 하도록 요청했다. 셀레스트는 또다시 그것은 하나의 불운이라고 되풀이했다. 그러자 재판장이 말했다.

"네, 알았어요. 그러나 우리가 할 일은 그런 불운을 재판하는 것입니다. 수고하셨습니다."

지혜와 성의를 다했으나 그만 더 이상 어쩔 수가 없었다는 듯이 셀레스트는 나에게로 고개를 돌렸다. 눈은 번쩍이고 입술은 떨리고 있는 듯이 보였다. 나를 위해 자기가 더 할 수 있는 것이 무엇이 있겠느냐고 나에게 묻고 있는 듯했다. 나는 아무런 말도, 몸짓도 하지 않았으나, 한 인간을 껴안고 싶은 마음이 우러난 것은 그

때가 생전 처음이었다. 재판장은 증인대로부터 물러가도록 그에게 명령했다. 셀레스트는 법정의 좌석으로 가서 앉았다. 나머지 심문이 끝나도록 그는 우두커니 몸을 약간 앞으로 기울여 무릎에 팔꿈치를 괴고, 모자를 두 손으로 잡은 채 오가는 모든 얘기에 귀를 기울이고 있었다.

마리가 들어왔다. 모자를 쓰고 있었는데 여전히 아름다웠다. 그러나 나는 머리를 풀어 헤쳤을 때가 더 좋았다. 내가 앉아 있는 곳에서도 그녀의 볼록한 젖가슴의 무게를 엿볼 수 있었고 아랫입술이 여전히 조금 실룩거리는 듯한 것이 보였다. 매우 불안해하는 것 같았다. 곧 그녀는 언제부터 나를 알았느냐고 하는 질문을 받고, 자기가 우리 회사에서 같이 일하던 시기를 말했다. 재판장이 나와 어떤 사이인지 묻자, 여자친구라고 말했다. 또 다른 질문에 대하여, 그녀는 정말 나와 결혼할 것이라고 대답했다. 서류를 뒤적이고 있던 검사가 갑자기, 언제부터 우리의 관계가 시작되었느냐고 물었다. 마리는 그 날짜를 말했다. 검사는 태연하게 어머니의 장례식이 있은 다음 날인 것 같다고 지적했다. 그러고는 약간 비웃는 말투로, 그런 미묘한 사정을 더 캐묻고 싶지도 않고 또 마리의 마음은 이해하지만, 그러나 (갑자기 그의 말투는 모질어졌다) 그는 자기의 의무상 부득이 예의를 초월할 수밖에 없다고 말했다. 그래서 검사는 마리에게 나와 관계를 맺게 된 그날 하루 동안의 일을 요약해 말해달라고 요구했다. 마리는 이야기하고 싶어하지 않았으나 검사의 강권에 못이겨, 해수욕을 갔던 일, 영화관에 갔던 일, 그리고 둘이서 우리집으로 돌아온 일을 말했다. 차석 검사는 예심에서 마리의 진술을 듣고 그날 영화 프로그램을 조사해보았다고 말한 다음, 그때 무슨 영화가 상영되고 있었는지를 마리 자신의 입으로 말해주기 바란다고 덧붙였다. 과연 마리는 거의 숨이 끊어질 듯한 목소리로, 페르낭델이 나오는 영화였다고 말했다. 그녀의 말이 끝나자 장내는 물을 끼얹은 듯이 잠잠해졌다. 그러자 검사는 일어서서 심각하게, 참으로 감동한 듯한 목소리로, 나를 손가락질하면서 천천히 또박또박 끊어 말했다.

"배심원 여러분, 어머니가 사망한 바로 그 다음 날에 이 사람은 해수욕을 하고, 여자와 관계를 맺기 시작했으며, 희극 영화를 보러 가서 시시덕거린 것입니다. 나는 더 이상 할 말이 없습니다."

여전한 침묵 가운데 검사는 말을 맺고 앉았다. 갑자기 마리가 흐느껴 울기 시작했다. 그러면서, 그것은 사실이 아니다, 다른 것도 있었다, 사람들이 억지로 자기가 생각하는 것과는 반대로 이야기를 시킨 것이다, 자기는 나를 잘 알고 있고, 나는 아무것도 나쁜 일을 하지 않았다고 말했다. 그러나 재판장이 손짓하고 서기가 그녀를 데리고 나갔고, 심문은 다시 계속되었다.

마송이 나서서, 나는 의리를 소중히 여기는 사람이며 뿐만 아니라, 성실한 사람이라고 말했으나, 거의 아무도 들어주지 않았다. 살라마노도 내가 그의 개에 대한 일로 친절했었음을 말하고, 어머니와 나에 관한 질문에 대해, 나는 엄마와 할 말이 아무것도 없었고 그 때문에 엄마를 양로원에 보낸 것이라고 대답했으나, 역시 들어주는 사람이 거의 없었다.

"이해해주셔야 합니다. 이해해주셔야 합니다."

살라마노가 말했으나 이해해주는 사람은 하나도 없는 것 같았다. 그도 끌려 나갔다.

뒤이어 레몽의 차례가 왔다. 그가 마지막 증인이었다. 레몽은 내게 슬쩍 손짓을 해 보이고 다짜고짜 나에게는 죄가 없다고 말했다. 그러나 재판장은, 그에게 요구하는 것은 판정이 아니라 사실만이라고 말했다. 재판장은 그에게 질문을 기다리고, 거기에 대답하라고 주의를 주었다. 그와 피해자와의 관계를 물었다. 레몽은 그것을 이용해, 자기가 피해자 누이의 뺨을 때린 다음부터 피해자가 미워하고 있던 것은 자기라고 말했다. 그러나 재판장은, 피해자가 나를 미워할 이유는 없었느냐고 물었다. 레몽은 내가 바닷가에 같이 있었던 것은 우연한 결과였다고 말했다. 검사는, 그러면 어째서 사건의 발단이 된 그 편지가 내 손으로 씌어졌느냐고 물었다. 레몽은 그것도 우연이라고 대답했다. 검사는, 이 사건에서 우연은 이미 많은 양심의 손상을 가져 왔다고 반박했다. 레몽이 그의 정부의 뺨을 때렸을 때 내가 말리지 않은 것도 우연인지, 내가 경찰서에 가서 증인이 되었던 것도 우연인지, 그때 내 증언 내용이 두둔하는 쪽 일색이었던 것도 우연인지 알고 싶다고 했다. 그는 끝으로 레몽에게 무슨 일을 하냐고 물었다. '창고업'일고 레몽이 대답하자 검사는 배심원들에게, 증인이 포주 노릇을 하고 있다는 것은 누구나 다 아는 사실이라고 분명히 말했다. 나는 그 공범자이고 친구였던 것이다. 이것은 가장 비루한 종류의 음란범죄 사건이요, 더욱이 피고가 도덕적으로 파렴치한이라는 사실로 인하여 더욱 흉악하다는 것이었다. 레몽이 변명하려 했고 내 변호사가 항의를 했으나, 재판장은 검사에게 이야기를 끝마치라고 했다. 검사는 이렇게 말하며 레몽에게 물었다.

"내가 덧붙일 것은 그리 많지 않습니다. 피고는 당신의 친구였습니까?"

"그렇습니다, 나의 친구였습니다."

레몽이 말했다. 그러자 검사는 나에게 같은 질문을 했다. 나는 레몽을 바라보았다. 그는 나에게서 눈을 돌리지 않았다. 나는 그렇다고 대답했다. 그러자 검사는 배심원들에게로 돌아서며 말했다.

"어머니가 사망한 다음 날 가장 수치스러운 정사에 골몰했던 바로 그 사람이 부질없는 이유로, 뭐라고 말할 수 없는 이번 사건의 결말을 지으려고 살인을 한 것입니다."

검사는 그제야 자리에 앉았다. 그러나 내 변호사는 참다못해, 두 팔을 높이 쳐들어 올리며 외쳤다. 그 때문에 소매가 다시 흘러내리면서 풀 먹인 셔츠의 주름이 드러나 보였다.

"도대체 피고는 어머니를 매장한 것으로 기소된 겁니까, 살인을 해서 기소된 겁니까?"

방청객들이 웃었다. 그러나 검사는 다시 일어서서 법복을 바로 잡더니 존경할 만한 변호인의 순수함을 갖지 않고서는, 그 두 사실 사이의 근본적이며 충격적이고 본질적인 관계를 느끼지 않을 수 없다고 말했다.

"그렇습니다. 범죄자의 마음으로 자기 어머니를 매장하였으므로, 나는 이 사람을 탄핵하는 것입니다."

그는 힘차게 외쳤다.

이 말은 방청객들에게 커다란 효과를 거둔 듯했다. 변호사는 어깨를 으쓱하고, 이마에 흐르는 땀을 닦았다. 그러나 그 자신도 동요된 듯했다. 나는 사태가 불리하게 돌아가고 있다는 것을 깨달았다.

그 뒤는 모든 것이 빠르게 진행되었다. 법정은 폐정되었다. 재판소에서 나와 차를 타러 가면서, 나는 매우 짧은 한순간 여름 저녁의 냄새와 빛을 느꼈다. 어두컴컴한 호송차 속에서 나는 내가 좋아하던 한 도시, 그리고 이따금 만족감을 느끼던 어떤 시간의 귀에 익은 소리들을, 마치 자신의 피로한 마음속으로부터 찾아내듯이 하나씩 다시 음미할 수 있었다. 이미 고즈넉하게 가라앉은 대기 속에서 들려오는 신문장수들의 외치는 소리, 작은 공원 안의 마지막 새소리, 샌드위치 장수의 부르짖음, 시내 고지대의 급커브 길에 울리는 전차의 마찰음, 그리고 항구 위로 밤이 내리기 전의 하늘에 반향을 일으키는 어렴풋한 소리, 그런 모든 것이 내게 장님이 더듬는 행로와도 같은 것이었다. 교도소로 들어오기 전에 내가 잘 알고 있던 그 길 말이다. 그렇다, 그것은 이미 오랜 옛날 내가 스스로 만족감을 느끼던 그런 시간이었다. 그런 때면 나를 기다리고 있던 것은 언제나 꿈도 없는 가벼운 잠이었다. 그러나 이제는 뭔가가 달라졌다. 왜냐하면, 내일에 대한 기대와 더불어 이제 내가 다시 만나는 것은 나의 독방이니 말이다. 마치 여름 하늘 속에 그려진 낯익은 길들이 죄없는 잠으로 인도해 갈 수도 있고 감옥으로 인도해 갈 수도 있는 것처럼.

4

피고석에 앉아서일지라도 자기 자신에 대해 이야기하는 소리를 듣는 것은 언제나 흥미 있는 일이다. 검사와 변호사 사이의 변론이 있는 동안 사람들은 내 이야기를 많이 했다. 아마 내 범죄에 대해서보다도 나에 대해서 더 많은 이야기를 했다고 할 수 있을 것이다. 그리고 과연 양쪽의 변론이 큰 차이가 있었던가? 변호사는 팔을 쳐들고 올리고 유죄를 인정했지만, 변명을 덧붙였다. 검사는 손가락질하며 유죄를 고발하되 변명의 여지를 주지 않았다. 그러나 나로서는 어딘가 좀 걸리는 일이 하나 있었다. 조심하기는 했지만, 때로는 나도 끼고 싶었다. 그러자 변호사가 말했다.

"잠자코 있어요. 그래야 일이 잘 됩니다."

이를테면 사람들은 나를 빼놓은 채 사건을 다루고 있는 것 같았

이방인

다. 나는 참여도 시키지 않고 모든 것이 진행되었다. 내 의견은 물어보지도 않은 채 나의 운명이 결정되었다. 때때로 나는 다른 모든 사람들의 이야기를 가로막고 이렇게 말하고 싶었다.

"도대체 누가 피고입니까? 피고는 중요한 겁니다. 내게도 할 말이 있습니다."

그러나 생각해 보면, 할 이야기는 아무것도 없었다. 그리고 나는, 사람들에게 관심을 갖는 데서 얻는 흥미는 오래 계속되지 않는다는 것을 인정해야 했다. 예를 들면 검사의 변론은 곧 나를 따분하게 만들었다. 내 관심을 끌거나 흥미를 일으킨 것은 다만 단편적인 말들, 몸짓들, 혹은 전체와는 동떨어진 쓸데없이 장황하게 늘어놓은 말, 그런 것들이었다.

내가 이해한 것이 맞는다면, 검사의 생각의 요점은 내가 범죄를 사전에 계획했었다는 것이었다. 적어도 그는 그것을 증명하려고 애썼다. 그는 이렇게 말했다.

"그것을 증명하겠습니다. 나는 그것을 두 가지 면에서 증명할 수 있습니다. 첫째로는 명백한 사실에 비추어서, 둘째로는 이 범죄적 영혼의 심리상태가 제공하는 어두컴컴한 빛에 비추어서 증명할 수 있는 것입니다."

검사는 어머니가 죽은 뒤의 여러 가지 사실들을 요약했다. 내가 냉담했었다는 것, 어머니의 나이를 몰랐었다는 것, 이튿날 여자와 해수욕을 하러 갔었다는 것, 페르낭델 영화, 그리고 끝으로 마리를 데리고 집으로 돌아왔다는 것을 지적했었다. 그때 나는 검사의 말을 이해하는 데 한참 시간이 걸렸다. 그가 '그의 정부'라고 말했기 때문이지만, 나에게는 그저 마리인 것이다. 이어서 레몽 이야기로 넘어갔다. 이 사건에 대한 그의 방식은 여간 명석한 것이 아니었다. 그의 이야기는 그럴듯했다. 나는 레몽과 합의하여, 그의 정부를 꾀어다가 '품행이 좋지 못한' 사나이의 악랄한 손아귀에 넘기려고 편지를 썼다. 바닷가에서는 내가 레몽의 적들에게 시비를 걸어 레몽이 다쳤다. 나는 레몽에게서 권총을 달래 가지고, 그것을 사용할 생각으로 혼자서 되돌아갔다. 그리하여 계획대로 아랍인을 쏘아 죽인 것이다. 조금 기다려서, '일이 잘 되었음을 확인하기 위하여' 다시 총알 네 방을 태연하게, 말하자면 깊이 생각한 끝에 쏘았다는 것이다.

"여러분! 이상과 같습니다. 나는 여기서, 이 사람이 고의적으로 살인하게 된 사건의 경위를 말씀드렸습니다. 나는 이 점을 강조합니다. 왜냐하면 이것은 보통 살인, 정상참작의 여지가 있는 충동적 행위가 아니기 때문입니다. 여러분, 이 사람은 지식도 있습니다. 피고의 진술을 여러분도 들으시지 않으셨습니까? 그는 대답할 줄도 알고 말뜻도 잘 알고 있습니다. 그러므로 자기가 무슨 짓을 하는지도 모르고 행동했다고 할 수 없습니다."

나는 귀 기울여 들었다. 내가 지식 있는 사람이라고 생각하는 것도 알았다. 그러나 평범한 사람이 지니고 있는 장점이 어떻게 한 사람의 죄인에게 부인할 수 없을 만큼 불리한 조건이 되는 것인지, 나는 잘 이해할 수가 없었다. 적어도 나를 놀라게 한 것은 바로 그 점이었다. 그래서 더 이상 검사의 말이 들리지 않았다. 이윽고 다시 그의 말이 들렸다.

"후회하는 빛이라도 보였던가요? 여러분, 전혀 그렇지 않았습니다. 예심이 진행되는 동안에도 피고는 자기의 가증스러운 범행을 뉘우치는 듯한 때가 한 번도 없었습니다."

그때 그는 나에게로 돌아서서 손가락으로 나를 가리키며 계속하여 통렬한 비난을 퍼부었는데, 사실 나는 그 이유를 잘 알 수가 없었다. 그의 말이 옳다는 것을 인정하지 않을 수 없기는 했다. 나는 내 행동을 그다지 뉘우치고 있지 않았던 것이다. 그렇지만 그렇게 노발대발한다는 것이 나에게는 의외였다. 내가 진심으로 뭔가 뉘우치는 일은 한 번도 없었다. 그것을 그에게 다정스럽게, 거의 애정을 기울여 설명해주고 싶었다. 나는 항상 앞으로 나에게 일어날 일, 예를 들면 오늘이나 내일의 일에 정신이 팔려 있었던 것이다. 그러나 물론 내가 처한 상황에서는 누구에게도 그런 투로 말할 수 없었다. 지금의 나에게는 다정스러운 태도를 취하거나 선의를 가질 권리가 없었던 것이다. 검사가 내 영혼에 관한 이야기를 시작했으므로 나는 다시 귀를 기울이려고 애를 썼다.

"배심원 여러분, 나는 그의 영혼을 들여다보았으나 아무것도 찾아볼 수 없었습니다."

검사가 말했다. 사실 나에게는 영혼 같은 것은 있지도 않고, 인간다운 점도 찾아볼 길 없으며, 인간의 마음을 보전하는 도덕적 원리란 모두 인연이 멀다는 것이었다.

"아마도," 그는 덧붙였다.

"우리는 그렇다고 해서 이 사람을 비난할 수도 없겠죠. 그가 가질 수 없는 것이 그에게 없다고 해서 우리가 불평할 수는 없는 일입니다. 그러나 이 법정에서 관용이라는 소극적 덕목은, 그보다 더 어렵기는 하지만 보다 상위에 있는 정의라는 덕목으로 바뀌어야 합니다. 특히 이 사람에게서 볼 수 있는 것 같은 심리의 공허가 사회 전체를 삼켜버릴 수도 있는 심연이 되는 경우에는 더욱이 그러합니다."

그리고 어머니에 대한 나의 태도를 이야기했다. 검사는 변론 중에 이미 한 말을 다시 되풀이했다. 그러나 그것은 내가 저지른 범죄를 이야기할 때보다도 더 길었다. 너무나 길어서, 마침내 나는 그날 아침의 더위밖에는 아무것도 느끼지 못할 정도였다. 얼마쯤 지나서 검사는 잠시 말을 끊었다가 이어 다시 매우 낮고 자신 있는 목소리로 말했다.

"여러분, 바로 이 법정은 내일 가장 가증스러운 범죄, 아버지를 살해한 범행을 심판하게 될 것입니다."

그의 말에 의하면, 이 잔학한 범죄는 상상도 못할 만큼 두려운 것이었다. 검사는 인간의 죄를 가차없이 처벌하길 기대한다고 말했다. 그러나 그 범행이 불러일으키는 전율감도 내 무감각함 앞에서 느끼는 전율감보다는 차라리 덜할 정도라고 자신은 서슴지 않고 말할 수 있다고 했다. 또 그의 말에 의하면, 정신적으로 어머니를 살해한 사람은, 아버지를 자기 손으로 죽이는 사람과 마찬가지로 인간 사회를 저버린 것이었다. 어쨌든 전자는 후자의 행위를 준비하는 것이며, 말하자면 그것을 예고하고 정당화한 것이었다.

"여러분, 나는 확신합니다."

그는 목소리를 높여서 덧붙였다.

"이 자리에 앉아 있는 이 사람은, 이 법정이 내일 판결해야 할 살인죄에 대해서도 유죄라고 말하게 될지라도, 여러분은 내 생각이 지나친 것이라고는 생각하지 않을 것입니다. 이러한 의미에서 이 사람은 형벌을 받아야 할 것입니다."

여기에서 검사는 땀으로 번들거리는 얼굴을 닦았다. 끝으로 그는, 자기의 의무는 괴로운 것이지만 단호히 그것을 수행할 것이라고 말했다. 나는 사회의 가장 본질적인 법도를 무시하고 있으므로 그 사회와는 아무 관계도 없으며, 인정의 가장 기본적인 반응도 모르는 사람이므로 인정에 호소할 수도 없는 것이라고 말했다.

"나는 이 사람에게 사형 평결을 요구합니다. 그리고 사형을 요구해도 가뿐한 기분입니다. 이미 짧지 않은 재직 기간 중 나는 여러 번 사형을 요구했지만, 이 괴로운 의무가 오늘만큼 하나의 신성한 지상의 계율이라는 의식과, 비인간적인 것 말고는 아무것도 읽을 수 없는 한 사람의 얼굴을 앞에 놓고 느끼는 공포심으로 보상 받아 균형을 회복하고 빛을 받는 것처럼 느껴본 적은 없었기 때문입니다."

검사가 자리에 앉자 상당히 오랫동안 침묵이 흘렀다. 나는 더위와 놀라움으로 어리둥절해졌다. 재판장이 잔기침을 하고 나서 아주 낮은 목소리로 나에게, 덧붙여 할 말은 없느냐고 물었다. 나는 일어섰다. 이야기를 하고 싶었으므로 그저 나오는 대로, 아랍인을 죽일 의도는 없었다고 말했다. 재판장은 그건 하나의 주장이라고 대답하고, 지금까지 자기는 피고측 변호방식을 잘 이해하지 못하고 있으니 변호사의 진술을 듣기 전에 내가 그런 행동을 하게 된 동기를 명확히 말해주면 좋겠다고 했다. 나는 빠르고 좀 뒤죽박죽이 된 말로, 그리고 우스꽝스러운 말인 줄 알면서도, 태양 때문이었다고 말했다. 장내에서 웃음이 터졌다. 변호사는 어깨를 으쓱했다. 바로 뒤이어 그는 발언권을 얻었다. 그러나 그는 시간도 늦었고, 자기의 진술은 여러 시간을 요할테니 오후로 미루어주면 좋겠다고 말했다. 법정은 이에 동의했다.

　오후에도 커다란 선풍기들이 여전히 실내의 무더운 공기를 휘젓고, 배심원들의 가지각색의 조그만 부채들은 모두 같은 방향으로 움직이고 있었다. 내 변호사의 변론은 언제 끝이 날지 모를 지경이었다. 그러나 갑자기 그의 말이 들렸다.

　"내가 죽인 것은 사실입니다."

　하고 그가 말했기 때문이다. 뒤이어 그는 그런 투로 계속하면서 나에 대해서 말할 적마다 '나는'이라고 하는 것이었다. 나는 매우 놀랐다. 간수에게로 몸을 굽혀 그 이유를 물었다. 간수는 잠자코 있으라고 말하고 조금 있더니, '어느 변호사나 다 그런다'고 덧붙였다. 나는, 그것 또한 나를 사건으로부터 제쳐놓고 나를 제로零로 만들어버리고, 어떤 의미에서 그가 나 대신의 역할을 하는 것이라고 생각했다. 그러나 그때 나는 벌써 그 법정에서 멀리 떨어져 있었던 것으로 여겨진다. 게다가 변호사도 내겐 우스꽝스러워 보였다. 그는 빠른 어조로 나의 도전적인 태도를 변호하고 나서, 그 역시 나의 영혼에 대해 이야기했다. 그러나 내가 보기에 그는 검사에 비해서 그 솜씨가 훨씬 떨어지는 것 같았다.

　"나 역시 그 영혼을 들여다보았습니다만, 탁월하신 검사 측 의견과는 반대로 나는 거기에서 뭔가 발견할 수 있었습니다. 뿐만 아니라 펼친 책을 읽듯 환히 볼 수 있었다고 말할 수 있습니다."

나는 성실한 인물이고, 일하고 있던 회사에 충실했으며, 규칙적이고 근면한 사람이고, 누구에게나 사랑을 받고, 다른 사람의 불행을 동정하는 사람이라는 것을 그는 거기서 읽었다는 것이었다. 그가 본 바로는, 나는 힘이 있는 한 오랫동안 어머니를 부양한 모범적인 아들이었다. 그러나 결국 내 경제적인 능력으로는 베풀어드릴 수 없는 안락한 생활을 양로원이 대신해서 늙은 어머니에게 베풀어줄 수 있으리라고 나는 기대했다는 것이다.

"여러분, 나는 그 양로원에 관하여 이러니저러니 그렇게 많은 논의가 있었다는 것에 놀랐습니다. 왜냐하면 만일 그러한 시설의 유익함과 중요함의 증거를 제시해야 한다면, 국가 자체가 그런 시설을 보조하고 있다는 사실을 말하지 않을 수 없기 때문입니다."

그가 덧붙였다.

다만 장례식에 대해서는 말하지 않았다. 나는 그의 변론에 그것이 빠진 것을 느꼈다. 그러나 그런 쓸데없는 긴 말들, 여러 날 동안 나의 정신에 관해 이야기한 그 끝없이 긴 시간 때문에, 나는 모든 것이 빛깔 없는 물처럼 되어버린 나머지 그 속에서 어지러움을 느끼는 듯한 인상을 받았다.

난 단 한 가지만 기억한다. 끝에 가서, 변호사가 이야기를 계속하고 있는 동안 거리로부터, 다른 방들과 법정의 온갖 공간을 거쳐서, 아이스크림 장수의 나팔 소리가 내 귀에까지 울려온 것이

이방인

다. 나는 이미 내 것이 아닌 삶, 그러나 그 속에 내가 지극히 빈약하나마 가장 끈질긴 기쁨을 얻었던 삶의 추억에 사로잡혔다. 여름철의 냄새, 내가 좋아하던 거리, 어떤 저녁 하늘, 마리의 웃음과 옷차림. 그곳에서 내가 하고 있던 그 쓸데없는 그 모든 것에 대한 역정이 목구멍에까지 치밀어 올라, 나는 다만 재판이 빨리 끝나서 나의 감방으로 돌아가 잠잘 수 있기만을 바랄 뿐이었다. 내 변호사가 끝으로 배심원들은 순간의 착란으로 파멸해버린 한 성실한 일꾼을 사형에 처하지는 않을 것이라고 외치고, 내가 이미 가장 확실한 벌로서 영원한 뉘우침의 짐을 안고 있으므로 범죄에 대해 정상참작을 요구한다고 말하는 것도 나의 귀에는 거의 들리지 않았다. 법정은 심문을 중지하고, 변호사는 기진맥진한 얼굴로 자리에 앉았다. 그러자 그의 동료들이 달려와서 그의 손을 잡았다.

"자네, 참 훌륭했어" 하는 말이 들렸다. 그중 한 사람은 심지어 나에게 맞장구를 쳐달라는 듯 "그렇죠?" 하고 말하기까지 했다. 나는 동의를 했지만, 너무나 피곤했었기 때문에 진심에서 우러나온 것은 아니었다.

그러는 사이에 밖은 어느덧 해가 기울어 더위도 수그러졌다. 큰길에서 들려오는 소리들로, 저녁의 아늑함을 짐작할 수 있었다. 우리 모두 거기서 기다려야 했다. 그런데 모두가 다 함께 기다리

이방인

고 있는 그것은 오직 나 한 사람에게만 관계되는 일이었다. 다시 한 번 장내를 둘러보았다. 모든 것이 첫날과 똑같은 상태에 있었다. 나는 회색 양복을 입은 신문기자와 인형 같은 키작은 여자의 눈길과 마주쳤다. 그제야 재판 중에 나는 한 번도 눈으로 마리를 찾아보지 않았다는 데 생각이 미치게 되었다. 나는 그녀를 잊어버리지는 않았으나 할 일이 너무나 많았던 것이다. 셀레스트와 레몽 사이에 마리가 보였다. 그녀는 "이제야 끝이 났군요" 하는 듯이 나에게 조그맣게 손짓을 했다. 그리고 약간 근심어린 얼굴로 미소를 짓고 있는 것이 보였다. 그러나 나는 마음이 닫혀 있는 느낌이어서 그녀의 미소에 답할 수조차 없었다. 공판이 재개되었다. 바로 배심원들에 대한 일련의 질문들이 낭독되었다. '살인죄'······ '계획적'······'정상참작' 등의 말들이 들렸다. 배심원들이 나가고, 나는 앞서 기다렸던 방으로 끌려갔다. 변호사가 따라왔다. 그는 매우 수다스럽게, 여느 때보다도 더욱 자신 있고 다정스러운 태도로 말했다. 모든 것이 잘 될 것이며, 몇 년 동안의 징역이나 도형으로 끝날 것이라고 그는 생각하고 있었다. 만약 판결이 불리할 경우 파기할 기회가 있느냐고 나는 물었다. 변호사는 없다고 대답했다. 배심원측의 비위를 건드리지 않기 위해서, 결론을 제시하지 않는 것이 그의 전술이었다는 것이다. 그는 그렇게 아무 사유도 없이 그냥 판결을 파기하지는 못하는 법이라고 설명했다. 그것은 나에게도 명백한 것으로 생각되어 그의 이론에 승복했다. 냉정하게 따져보면 지극히 당연한 일이었다. 그렇지 않으면 그 쓸모없는 서류가 산더미처럼 쌓일 것이다.

"어쨌든 특사 청원이 있습니다. 그러나 결과는 나쁘지 않으리라 확신합니다."

변호사는 이렇게 말했다.

우리는 매우 오랫동안 기다렸다. 아마 거의 사오십 분이었을 것이다. 그러더니 종이 울렸다. 변호사는 이렇게 말하면서 나를 두고 가버렸다.

"배심원 대표가 답신을 읽습니다. 당신은 판결문 낭독 때에야 들어오게 될 겁니다."

문을 여닫는 소리가 들렸다. 사람들이 계단을 뛰어가고 있었으나, 먼지 가까운지 알 수 없었다. 이윽고 법정에서 나직한 목소리로 무엇인지 읽는 소리가 들렸다. 다시금 종이 울리고 피고석 박스의 문이 열렸을 때 나에게 밀려온 것은 장내의 침묵, 그리고 그 젊은 신문기자가 눈길을 돌리는 것을 확인했을 때의 그 야릇한 감각이었다. 나는 마리를 보지는 못했다. 시간의 여유가 없었던 것이다. 왜냐하면 재판장이 이상스러운 말로, 당신은 프랑스 국민의 이름으로 공공 광장에서 목이 잘리게 되리라고 말했기 때문이다. 그때 나는 모든 사람들의 얼굴에서 읽히는 감정을 이해할 것 같았다. 그것은 분명 어떤 존경이 담긴 것이었다고 생각된다. 간수들은 나에게 친절했다. 변호사는 내 손목 위에 그의 손을 올려놓았다. 나는 이제 아무것도 생각하지 않았다. 그러나 재판장이 나에게 무엇이든지 덧붙여 말할 것은 없느냐고 물었다. 나는 깊이 생각해 보았다.

"없습니다."

내가 끌려 나온 것은 그때였다.

5

세 번째로 나는 교도소 부속 사제의 면회를 거절했다. 그에게 말할 것도 없고 이야기하고 싶지도 않았다. 그를 곧 만나게 될 것이다. 지금 내 관심을 끄는 것은 메커니즘으로부터 벗어나는 것, 불가피한 것으로부터 빠져나갈 길이 있을 수 있는가를 알아보는 일이다. 내 감방이 바뀌었다. 이 감방에서 번듯이 누우면 하늘이 내다보인다. 하늘만 보인다. 하늘에서 낮으로부터 밤으로 옮겨가는 빛깔의 조락을 바라보는 것으로 하루하루가 지나간다. 누워서 팔베개를 하고 나는 기다린다. 사형선고를 받은 사람으로서 그 무자비한 메커니즘으로부터 벗어난 예가, 처형되기 전에 종적을 감추었다든지 경찰의 비상 경계선을 돌파한 예가 있었을까 하고 몇 번이나 자문해보았는지 모른다. 그럴 때마다 나는 사형집행에 관한 이야기에 그다지 주의를 기울이지 않았었던 것이 후회되었다. 사람은 언제나 그런 문제에 관심을 가져야 할 것이다. 무슨 일이 일어날지 모르기 때문이다. 다른 사람들과 마찬가지로 나도 신문 기사로는 읽은 일이 있다. 그러나 특별한 저서들이 확실히 있었을 것인데, 나는 그것들을 들여다보고자 하는 호기심을 한 번도 가져 본 적이 없었던 것이다. 그런 책들 속에서라면 탈옥에 관한 이야기도 찾아볼 수 있었을 것이다.

적어도 한 번쯤은 바퀴가 멎어, 그 거스를 수 없는 사전계획 속에서도 우연과 요행이 단 한 번이라도 무슨 변동을 일으킨 일이 있음을 알 수 있었을 것이다. 단 한 번만! 어느 의미에서 내게는 그 한 번만으로 충분했으리라고 생각한다. 나머지는 내 마음으로 보충할 수 있었을 것이다. 신문들은 흔히 사회에 대해 지고 있는 부채를 운운한다. 신문에 의하면, 그것을 갚아야 한다는 것이다. 그러나 그런 말은 상상력에 호소하지 못한다. 중요한 것은 탈출의 가능성, 무자비한 의식 밖으로의 도약, 희망의 무한한 기회를 제공하는 미친 듯한 질주였다. 물론 희망이라고 해도 길모퉁이에서, 달리던 도중에 날아오는 총알에 맞아 쓰러지는 것뿐이다. 그러나 곰곰이 생각해보면, 그러한 호사를 나에게 허락해주는 것은 아무것도 없다. 모두가 나에게는 그것을 금지하고, 어떤 구조적인 것이 나를 다시 붙드는 것이었다.

내 선의에도 불구하고, 나는 그런 오만한 확실성을 받아들일 수 없었다. 어쨌든 그 확실성에 근거를 제공한 판결과 판결이 내려지고 나서의 그 냉혹한 시행과의 사이에 어처구니없는 불균형이 있었기 때문이다. 판결이 17시가 아니라 20시에 내려졌다는 사실, 그 판결이 전혀 달라졌을지도 모르는 사실, 그것이 속옷을 갈아입는 인간들에 의하여 결정되었다는 사실, 그것이 프랑스 국민(혹은 독일 국민, 중국 국민)의 이름이라는 지극히 모호한 관념에 의거하여 언도되었다는 사실, 그런 모든 것은 그 같은 결정에서 그 진지함을 많이 깎아내리는 것이라 생각되었다. 그러나 그 선고가 내려진 순간부터 그 결과는, 내가 몸뚱이를 비벼대고 있던 그 벽의 존재와 마찬가지로 확실하고 진지하게 된다는 사실을 인정하지 않을 수 없었다.

그때 나는 어머니가 아버지에 대하여 내게 들려준 어떤 이야기를 떠올렸다. 아버지는 내 기억에 없다. 아버지에 관하여 내가 정확히 알고 있는 것으로는 오직 어머니가 그때 이야기해준 것 밖에 없었다. 아버지가 어느 살인범의 사형집행을 보러 갔었다는 것이다. 그것을 보러 갈 생각만으로도 아버지는 병이 났다. 그래도 아버지는 가야만 했고, 돌아오자 아침에 먹었던 음식의 일부를 토했다는 것이었다. 그 말을 들었을 때 나는 아버지가 좀 싫어졌었다. 그러나 지금은 그것이 아주 당연한 일이라는 것을 알았다. 사형집행보다 더 중대한 일은 없으며, 어떤 의미에서 그것이야말로 사람에게는 참으로 흥미 있는 유일한 일이라는 것을 어째서 몰랐을까! 만약 내가 이 감옥에서 나가는 일이 있다면 모든 사형집행을 빠짐없이 다 보러 가리라. 그러나 그런 가능성을 꿈꾸어보는 것은 잘못이었다고 생각한다. 어느 날 이른 아침, 비상 경계선 밖에서, 말하자면 저쪽 편에서, 내가 자유로운 모습을 드러내는 것은, 사형집행의 구경꾼으로 왔다가 나중에 토할 수 있게 된다는 것은, 생각만 해도 억눌렸던 기쁨의 물결이 가슴으로 북받쳐 올라왔기 때문이다. 그러나 그것은 이치에 맞지 않았다. 그런 가정에 휘말리는 것은 잘못이었다. 왜냐하면 그 뒤로 곧, 나는 너무나 추워 이불 밑에서 몸을 웅크리지 않을 수 없었기 때문이다. 걷잡을 수 없도록 턱이 덜덜 떨렸다.

그러나 물론, 사람이 언제나 이성적일 수는 없다. 예컨대 또 어떤 때는 법률 초안을 만들어보기도 했다. 형법 체제를 개혁하고 있었던 것이다. 사형선고를 받은 자에게 기회를 주는 것이 요점임을 나는 알아차렸다. 천 번에 단 한 번, 그것이면 수많은 일을 해결하기에 충분했다. 그리하여, 그것을 먹으면 수형자가(나는 형을 받은 자라고 생각했었다) 열 번에 아홉 번만 죽는 그런 화학약품의 배합을 고안해낼 수도 있을 것이라고 생각했다. 그에게 그런 사실을 알려주어야 한다. 그것이 조건이었다. 냉정하게 곰곰이 생각해

보면 단두대의 칼날을 사용할 경우 결함은 그것이 아무런 기회도, 결코 아무런 기회도 허용하지 않는다는 사실을 알았다. 결국 어쩔 수 없이 수형자의 죽음은 결정되어 버리고 마는 것이다. 그것은 처리가 끝난 일이며 확정된 배합이요 성립된 합의여서 취소할 여지가 없다. 만에 하나 어쩌다가 실패하는 경우가 있어도 다시 할 뿐이다. 그러므로 난처한 일은, 수형자로서는 기계가 아무 고장 없이 작동해주기만 바랄 뿐이다. 내 말은, 바로 그것이 결함이라는 것이다. 어떤 의미에서 그것은 사실이다. 그러나 다른 의미로는 그 훌륭한 조직의 모든 비결이 거기에 있다는 것을 또한 인정하지 않을 수 없었다. 요컨대 수형자는 정신적으로 협력해야 한다. 모든 것이 탈없이 진행되는 것이 그의 이익이 된다.

나는 또한 처형이라는 것에 관해서, 여태까지 정확하지 못한 생각을 가지고 있었다는 것을 인정하지 않을 수 없었다. 오랫동안 나는―왜 그랬었는지는 몰라도―기요틴에 처형되자면 단두대로 올라가야만 하고, 계단을 밟고 올라가야 한다고 믿고 있었다. 그것은 1789년의 대혁명 때문이라고, 다시 말하면, 그런 문제에 관해서 사람들이 내게 가르쳐주고 또 보여주고 한 모든 것들 때문이라고 여겨진다. 그런데 어느 날 아침, 소문이 자자했던 어떤 사형 집행이 있었을 때 신문에 실렸던 사진 한 장이 생각났다. 사실인즉 기계는 땅바닥에 지극히 간단하게 놓여 있었고, 생각했던 것보다는 훨씬 폭이 좁았다. 좀더 일찍이 그런 것을 생각하지 않았었다는 것도 이상스러웠다. 그 사진에 나타난 기계는, 무엇보다도 정밀한 제품답게 말끔하고 번쩍이는 모양이 꽤 인상적이었다. 사람이란 알지 못하는 것에 관해서는 항상 과장된 생각을 품는 법이다. 그런데도 사실은 모든 것이 매우 간단하다는 사실을 나는 인정하지 않을 수 없었다. 기계는 그것을 향해 걸어가는 사람과 같은 지면 위에 놓여 있다. 그는 마치 누구를 만나러 가는 모양으로 가다가 기계와 부딪친다. 어떤 의미로는 그것 또한 참을 수 없는 것이었다. 단두대로 올라간다면 하늘로 승천하는 것, 상상력이 그런 생각에 매달릴지도 모른다. 그러나 역시 구조적인 것이 모든 것을 짓눌러버리는 것이었다. 그저 좀 부끄러움을 느끼면서, 대단히 정확하게 목숨이 슬쩍 끊어지는 것이다.

그 밖에 또 줄곧 나의 머리를 떠나지 않는 것이 두 가지 있었다. 새벽녘과 특사 청원. 그것이다. 그러나 나는 스스로 타일러 그러한 생각을 하지 않으려고 애썼다. 누워서 하늘을 바라보며 거기에 정신이 쏠리도록 하려고 애썼다. 하늘은 초록빛으로 변했다. 저녁이었다. 나는 생각의 방향을 돌리려고 또 애를 썼다. 심장 소리에 귀를 기울였다. 오래전부터 나를 따라다니던 그 소리가 멎어버릴 수 있으리라고는 아무리 해도 상상이 되지 않았다. 나는 진정한 상상력을 가져본 적이 없다. 그래도 이 심장의 고동 소리가 나에게 들리지 않게 될 순간을 생각해보려고 애썼다. 그러나 헛수고였다. 새벽녘 또는 특사 청원이라는 것이 있었기 때문이다. 나는 마침내, 자신의 마음을 억제하려고 들지 않는 것이 가장 현명한 일이라고 생각하기에 이르렀다.

그들이 오는 것은 새벽녘이다. 나는 그것을 알고 있었다. 결국 밤마다 그 새벽을 기다리며 지낸 셈이다. 나는 놀라는 것이 싫었다. 내게 무슨 일이든 생길 때면 거기에 대한 마음의 준비를 하고 싶은 것이다. 그 때문에 나는 마침내 낮에만 조금 자두었다가 밤에는 새벽빛이 천장 유리창 위에 훤히 밝아올 때까지 꾹 참고 기다렸다. 가장 괴로운 때는, 그들이 보통 그 일을 하러오는 때라고 내가 알고 있던, 그 의심스러운 시각이었다. 자정이 지나면 나는 기다리며 지켜보고 있었다. 내 귀가 그처럼 소음에 민감하고, 그렇게도 조그만 소리를 들어본 적은 일찍이 없었다.

그리고 그동안 발소리는 한 번도 들리지 않았으니, 어떻게 보면 그 시기동안 줄곧 나는 어지간히 운수가 좋았다고 할 수 있다. 사람이란 아주 불행하게 되는 법은 없는 거라고 어머니는 가끔 말했었다. 하늘이 빛을 띠고 새로운 하루가 내 감방으로 새어들 때, 교도소 속에서 나는 어머니의 말이 옳다고 생각했다. 왜냐하면 발소리가 들려와 내 심장이 터지고 말았을 수도 있었을 것이기 때문이다. 바스락 소리만 나도 문으로 달려가 판자에 귀를 대고 제정신이 아닌 듯이 기다리고 있노라면, 나중에는 나 자신의 숨소리까지 들려왔는데, 그 소리가 나중에는 마치 헐떡이는 개의 호흡 같아서 깜짝 놀라는 일은 있었지만 결국 내 심장은 터지지 않았고, 나는 다시 한 번 24시간을 벌게 되는 것이었다.

낮 동안에는 특사 청원을 생각했다. 나는 이 생각을 가장 적절하게 이용했다고 본다. 내 재산을 계산하고, 효과를 면밀히 따져 가지고 그 깊이 생각해본 것으로부터 최대의 능률을 얻도록 한 것이다. 나는 늘 최악의 가정을 세웠다. 바로 특사 청원 기각이다.

"그때는 죽을 수밖에 없는 것이다."

다른 사람들보다 먼저 죽을 것은 분명하지만, 인생이 살 만한 가치가 없다는 것은 누구나 알고 있다.

결국, 서른 살에 죽든지 예순 살에 죽든지 별로 차이가 없다는 것을 나도 모르는 것은 아니다. 그 어떤 경우에든지 당연히 그 뒤엔 다른 남자들 다른 여자들이 살아갈 것이고 수천 년 동안 그럴 것이니까 말이다. 요컨대 그것보다 더 분명한 것은 없을 것이다. 지금이건 20년 후건 여전히, 죽게 될 사람은 바로 나다. 그때 그러한 나의 추론에 있어서 좀 거북스러웠던 것은, 앞으로 올 20년의 생활을 생각할 때 내 마음속에 솟구쳐 오르는 무서운 용솟음이었다. 그러나 그것도, 20년 뒤에 어차피 그런 지경에 이르렀을 때 내가 어떻게 생각하게 될까를 상상함으로써 눌러버리면 그만이었다. 죽는 바에야 어떻게 죽든 언제 죽든 그런 건 의미가 없다. 그것은 명백한 일이었다. 그러므로 (그리고 어려운 일은 이 '그러므로'라는 말이 표시하는 모든 추론을 잊지 않도록 명심하는 것이었다), 나는 특사 청원의 기각을 인정할 수밖에 없었다.

그때, 바로 그때에야 비로소, 나는 이를테면 두 번째 가정을 생각해 볼 권리를 가질 수가, 말하자면 나 자신에게 그렇게 하도록 허용할 수가 있게 된 것이다. 바로 사면이다. 거북스러웠던 것은, 턱없는 기쁨으로 눈을 찌르는 그 피와 육신의 북받침을 진정시켜야 했던 일이다. 그 부르짖음을 억누르고 그것을 설득하는 데 애써야 했다. 첫 번째 가정에서 내 단념을 더욱 적절하게 만들기 위해서는 이 두 번째 가정에서도 나는 당연한 듯한 표정을 지어야 했다. 그럴 수 있을 때는 한 시간쯤 차분한 마음을 가질 수가 있었다. 그만하면 어쨌든지 다행한 일이었다.

내가 또다시 부속 사제의 면회를 거절한 것은 바로 그런 때였다. 나는 누워 있었다. 하늘이 황금빛으로 물드는 것을 보고 여름 저녁이 가까워 옴을 알 수 있었다. 바로 특사 청원이 기각되고 난 터였는데도, 내 피가 규칙적으로 내 몸 속을 순환하고 있음을 느낄 수 있었다. 나도 말하자면 굳이 사제를 만날 필요가 없었다. 오랜만에 처음으로 나는 마리를 생각했다. 이제 편지도 오지 않았다. 그날 저녁 나는 곰곰이 생각한 끝에, 아마 사형선고를 받은 사람의 애인 놀음에 그만 지쳐버렸을지도 모른다고 생각했다. 어쩌면 병이 났거나 죽었을지도 모른다는 생각도 들었다. 그것은 당연한 일이었다. 서로 떨어져 있는 우리의 두 육체밖에는 이제 우리를 연결시키고 서로 생각나게 하는 것은 아무것도 없었으니, 어떻게 내가 그러한 소식을 알 수 있었겠는가? 게다가 그렇다면 그때부터 이미 마리의 추억은 아무래도 좋았다. 죽었다면 마리는 더 이상 내 흥미를 끌지 못한다. 그것은 당연한 일이라고 생각되었다. 그와 마찬가지로, 내가 죽으면 사람들은 나와 아무 상관이 없어지는 것이다. 그런 일은 생각하기 괴로운 것이라고 말할 수도 없었다.

바로 그때 부속 사제가 들어왔다. 그를 보자, 나는 몸이 약간 떨렸다. 사제는 그것을 보고 겁내지 말라고 했다. 보통은 다른 시간에 왔었는데 하고 내가 말했다. 그는, 이번 면회는 나의 특사 청원과는 아무 관계도 없고 순전히 친구로서의 면회이며, 특사 청원에 관해서는 자기는 아무것도 모른다고 대답했다. 그는 내 침상 위에 앉은 다음, 나더러 가까이 와 앉으라고 권했다. 나는 거절했다. 그래도 그는 매우 다정스러워 보였다.

그는 잠깐 두 팔을 무릎 위에 올려놓고 머리를 숙인 채 앉아서 자기 손을 바라보았다. 그 손은 가냘프고 힘줄이 드러나 보였는데 두 마리의 날렵한 짐승을 연상케 했다. 사제는 천천히 그 두 손을 비볐다. 그러고는 여전히 머리를 숙인 채 가만히 앉아 있었다. 너무 오랫동안 그러고 있어서, 나는 잠시 그를 잊어버린 것 같은 느낌이 들 정도였다.

그러나 갑자기 그는 머리를 들어 나를 빤히 바라보며 말했다.

"왜 내 면회를 거절하십니까?"

나는 하느님을 믿지 않는다고 대답했다. 그 점에 대하여 확신을 가질 수 있느냐고 묻기에 나는, 그런 것을 고민한 일도 없고, 그런 것은 쓸데없는 문제라고 생각된다고 말했다. 그러자 그는 몸을 뒤로 젖히고 손을 펴 넓적다리 위에 얹은 채 등을 벽에 기댔다. 그는 나에게 말하는 것 같지도 않게, 사람이란 스스로는 확신을 가질 수 있다고 생각하지만, 사실은 그렇지 못할 때가 있는 것이라고 중얼거렸다. 나는 아무 말도 하지 않았다. 그는 나를 바라보며 물었다.

"어떻게 생각하십니까?"

나는 그럴지도 모르겠다고 대답했다. 어쨌든 나는 실제로 내가 무엇에 관심이 있는지에 대해서는 확신을 가질 수 없을는지도 모르겠으나, 무엇에 관심이 없는지에 대해서는 명백히 확신을 가질 수 있다고 말했다. 그런데 그가 이야기하는 것은 바로 내가 관심이 없는 것이었다.

그는 눈길을 돌렸으나 여전히 그 자세는 고치지 않은 채, 절망

161
이방인

한 나머지 그런 말을 하는 것이 아니냐고 물었다. 나는 절망한 것이 아니라고 설명했다. 다만 나는 두려울 뿐이었는데, 그것은 당연한 일이었다.

"그렇다면 하느님이 도와주실 것입니다. 내가 아는 한, 당신과 같은 경우에 처했던 사람들은 모두 하느님께로 돌아갔습니다."

그건 그 사람들의 권리라고 나는 인정했다. 그것은 또한 그들에게 그럴 만한 시간이 있었다는 사실을 보여주고 있었다. 그런데 나는 도움을 받기가 싫었고, 관심도 없는 것에 관심을 가질 시간이 없었던 것이다.

그때 그는 손으로 역정이 난다는 듯한 시늉을 했으나, 곧 몸을 세우고 옷주름을 바로잡았다. 그리고 나서 나를 '친구'라고 부르며 말을 걸었다. 그가 나에게 그렇게 말하는 것은 내가 사형선고를 받았기 때문이 아니라는 것이었다. 우리는 모두 사형선고를 받고 있는 것이라고 그가 말했다. 그러나 나는 그의 이야기를 가로막고, 그건 경우가 다르며 어쨌든 그것으로 위안이 될 수는 없는 일이라고 말했다.

"확실히 그렇지요."

그는 동의했다.

"그렇지만 만약 당신이 당장 죽지 않는다 하더라도 먼 미래에는 죽을 것입니다. 그때도 같은 문제가 생길 것이오. 그 무서운 시련을 당신은 어떻게 맞을 것입니까?"

나는, 내가 지금 맞고 있는 것과 꼭 마찬가지로 그 시련을 맞을 것이라고 대답했다.

그 말을 듣자, 그는 일어서서 내 눈을 똑바로 들여다보았다. 그것은 내가 잘 알고 있는 놀이였다. 흔히 에마뉘엘이나 셀레스트와 그 놀이를 했었는데, 대개는 그들이 눈을 돌려버렸다. 사제도 그 놀이를 할 줄 안다는 것을 나는 곧 알 수 있었다. 그 눈길이 조금도 떨리지 않았기 때문이다. 그리고 그가,

"당신은 그럼 아무 희망도 없이 죽으면 완전히 없어져버린다는 생각을 가지고 살고 있습니까?"

하고 말했을 때, 그 목소리 또한 떨리지 않았다.

"그렇습니다"

하고 나는 대답했다.

그러자 그는 머리를 숙이고 다시 걸터앉았다. 나를 불쌍히 여긴다고 그는 말했다. 그것은 인간으로서 도저히 견딜 수 없는 일이라고 생각한다는 것이었다. 내겐 다만 그가 귀찮아지기 시작한다고 느껴질 뿐이었다. 이번에는 내가 돌아서서 천장 밑으로 갔다. 나는 어깨를 벽에 기댔다. 귀담아 듣지는 않았으나, 그가 또다시 나에게 뭐라고 묻는 것이 들려왔다. 그는 불안하고 절박한 목소리로 이야기하고 있었다. 그가 흥분된 상태라는 것을 깨닫고, 나는

좀더 귀를 기울였다.

그는, 나의 특사 청원은 수리되겠지만, 나는 내려놓아야 하는 죄의 짐을 지고 있다고 말했다. 그의 신념에 의하면, 인간의 심판은 아무것도 아니고 하느님의 심판이 전부라는 것이었다. 나에게 사형을 선고한 것은 인간의 심판이라고 내가 지적했더니, 그렇지만 그것으로 내 죄가 씻긴 것은 아니라고 그는 대답했다. 나는 죄라는 것이 무엇인지 모른다고 말했다. 내가 죄인이라는 것을 남들이 나에게 가르쳐주었을 뿐이었다. 나는 죄인이고, 죗값을 치르는 것이니, 그 이상 더 나에게 요구할 수는 없을 것이었다. 그때 사제는 다시 일어섰다. 워낙 좁은 감방이라, 그가 움직이려고 해도 선택의 여지는 없을 것이라고 나는 생각했다. 앉아 있든지 일어서든지 해야 했다.

나는 땅바닥을 내려다보고 있었다. 그는 한걸음 나에게로 다가서더니, 더 앞으로 나설 엄두가 안 난다는 듯이 멈춰섰다. 그러고는 창살 너머로 하늘을 바라다보며 말했다.

"당신은 착각하고 있소, 몽 피스mon fils (사제가 남성인 신자를 부를 때 쓰는 말로 '내 아들'이라는 뜻도 된다). 당신에게 그 이상 더 요구할 수 있어요. 또 실제로 요구하게 될 것입니다."

"대체 뭐를 말입니까?"

"보기를 요구할 것이오."

"무얼 봐요?"

사제는 주위를 둘러보고 갑자기 지친 듯한 목소리로 대답했다.

"이 모든 돌들은 고통의 땀을 흘리고 있습니다. 나는 그것을 압니다. 나는 고통 없이 이것들을 바라본 적은 없습니다. 그러나 나는 마음속 깊이, 당신들 중의 가장 비참한 사람일지라도 이 돌들의 어둠으로부터 하느님의 얼굴이 나타나는 것을 보았다는 사실을 알고 있습니다. 당신에게 보기를 요구하는 것은 바로 하느님의 얼굴입니다."

나는 좀 흥분했다. 그리고 여러 달 전부터 그 벽을 들여다보고 있다고 말했다. 이 세상에서 그 어느 것에 대해서도, 그 누구에 대해서도 나는 그보다 더 잘 알지는 못할 정도였다. 오래전에 나는 거기에서 하나의 얼굴을 찾아보려 했었던 것 같다. 그러나 그 얼굴은 태양의 빛과 욕정의 불꽃을 가지고 있었다. 그것은 마리의 얼굴이었다. 나는 헛되이 그것을 좇았다. 이제는 그것도 끝났다. 어쨌든 나는 그 땀 배인 돌로부터 솟아나는 것은 아무것도 보지 못했다고 말했다.

사제는 일종의 슬픈 표정으로 나를 바라보았다. 이제 나는 벽에 등을 완전히 기대고 있었으므로, 빛이 내 이마 위를 흐르고 있었다. 그는 뭐라고 몇 마디 말했으나 나는 듣지 못했다. 그러더니 그는 매우 빠른 어조로, 나를 껴안는 것을 허락해주겠느냐고 물었다.

"싫습니다."

나는 대답했다.

그는 돌아서서 벽으로 걸어가더니 천천히 그 위에 손을 갖다 대고 중얼거렸다.

"그렇게도 이 땅을 사랑합니까?"

나는 아무 대답도 하지 않았다.

그는 상당히 오랫동안 돌아서 있었다. 방 안에 그가 있는 것이 짐스럽고 성가셨다. 그에게 혼자 있고 싶으니 가달라고 말하려는 참인데, 그때 그가 다시 나에게로 돌아서면서 갑자기 요란스럽게 외쳤다.

"아니, 나는 당신을 믿을 수 없습니다. 당신도 다른 삶을 바란 적이 있었으리라고 나는 확신합니다."

물론이다, 그러나 그것은 부자가 된다든지 헤엄을 빨리 칠 수 있게 된다든지 더 잘생긴 입술을 가지게 되는 것을 바라는 것과 마찬가지로 의미가 없다고 나는 대답했다. 그것은 같은 차원의 일이다. 그러나 그가 내 말을 가로막고 그 다른 삶이라는 것을 어떻게 생각하느냐고 묻기에 이제 이야기는 질렸다고 말했다. 그는 또 하느님 이야기를 꺼내고 싶어 했으나 나는 그에게로 다가서며, 나에게는 남은 시간이 조금밖에 없다는 것을 마지막으로 한 번 더 설명하려 했다. 나는 하느님 이야기로 시간을 허비하고 싶지 않았던 것이다.

그는 화제를 바꾸려고, 왜 자기를 '몽 페르mom pere'(프랑스에서 사제를 부를 때 쓰는 말로 '신부님'이라는 뜻도 되지만 '아버지'라는 뜻도 된다)라고 부르지 않고 '므시외monsieur'(남성인 상대방을 예절바르게 부를 때 쓰는 말)라고 부르냐고 물었다. 그 말에 나는 화가 나서, 당신은 다른 사람들에게는 그럴지도 모르지만, 나에게는 아버지가 아니라고 대답했다.

"아닙니다! 몽 피스!"

그는 내 어깨 위에 손을 올려놓고 말했다.

"나는 당신 곁에 있습니다. 그러나 당신의 마음은 눈이 멀어서 그것을 모르는 것입니다. 당신을 위해서 기도를 드리겠습니다."

그때, 이유는 모르겠지만, 내 속에서 뭔가가 툭 터져버렸다. 나는 목이 터지도록 고함치기 시작했고 그에게 욕설을 퍼부으면서 기도하지 말라고 말했다. 나는 그의 신부복 깃을 움켜잡았다. 기쁨과 분노가 뒤섞인 채 솟구쳐 오르는 것을 느끼며 그에게 속마음을 송두리째 쏟아버렸다. 너는 어지간히도 자신만만한 태도로구나. 그렇지 않은가? 그러나 네 신념이란 건 모두 여자의 머리카락 한 올만한 가치도 없어. 너는 죽은 사람처럼 살고 있으니, 살아있다는 것에 대한 확신조차 없다. 나는 보기에는 맨주먹 같을지 모르나, 나에게는 확신이 있어. 나 자신에 대한, 모든 것에 대한 확신. 너보다 더한 확신이 있어. 나의 인생과 닥쳐올 이 죽음에 대한 확신이 있어. 그렇다, 나한테는 이것밖에 없다. 그러나 적어도 나는 이 진리를, 그것이 나를 붙들고 놓지 않는 것과 마찬가지로 굳게 붙들고 있다.

나는 전에도 옳았고, 지금도 옳다. 언제나 나는 옳을 것이다. 나는 이렇게 살았으나, 또 다르게 살 수도 있었을 것이다. 나는 이런 것은 하고 저런 것은 하지 않았다. 어떤 일은 하지 않았는데 다른 일을 했다. 그러니 어떻단 말인가? 나는 마치 저 순간을, 내가 정당하다는 것이 증명될 저 새벽을 계속 기다리며 살아온 것만 같다. 아무것도 중요하지 않다. 나는 그 이유를 알고 있다. 너도 그 이유를 알고 있다. 내가 살아온 이 부조리한 삶 전체에 걸쳐, 내 미래의 저 밑바닥으로부터 항상 한 줄기 어두운 바람이, 아직도 오지 않은 세월을 거쳐서 내게로 불어 올라오고 있다. 내가 살고 있는, 더 실감난달 것도 없는 세월 속에서 나에게 주어지는 것은 모두 다, 그 바람이 불고 지나가면서 서로 아무 차이가 없는 것으로 만들어버리는 거다.

타인의 죽음, 어머니의 사랑, 그런 것이 대체 뭐란 말인가? 흔히들 말하는 그 하느님, 사람들이 선택하는 삶, 사람들이 선택하는 숙명, 그런 것에 무슨 의미가 있단 말인가? 오직 하나의 숙명

만이 나를 택하도록 되어 있고, 더불어 너처럼 나의 형제라고 하는 수많은 특권을 가진 사람들도 택하도록 되어있기 때문이다. 알아듣겠는가? 사람은 누구나 다 특권을 가지고 있다. 특권을 가진 사람들밖에는 없다.

다른 사람들도 언젠가 사형을 선고받을 것이다. 너 역시 사형을 선고받을 것이다. 네가 살인범으로 고발되었으면서 어머니의 장례식 때 눈물을 흘리지 않았다는 이유로 사형을 받게 된들 그것이 무슨 의미가 있을까? 살라마노의 개나 그의 마누라나 그 가치를 따지면 매한가지다. 인형 같은 그 작은 여자도, 마송과 결혼한 그 파리 여자와 마찬가지로, 또 나와 결혼을 하고 싶었던 마리와 마찬가지로 죄인인 것이다. 셀레스트는 레몽보다 낫지만, 그 셀레스트와 마찬가지로 레몽도 나의 친구라고 한들 그것이 대체 뭐란 말인가? 마리가 오늘 또 다른 뫼르소에게 입술을 내어주고 있은들 그것이 어떻다는 말인가? 이 사형수야, 도대체 알기나 하느냐? 미래의 저 밑바닥으로부터…… 이런 모든 것을 외쳐 대며, 나는 숨이 막혔다. 그러나 벌써 사람들이 사제를 내 손아귀에서 떼어내고 간수들이 나를 위협했다. 그러나 사제는 그들을 진정시키고, 잠시 묵묵히 나를 바라보았다. 그의 눈에 눈물이 가득 괴어 있었다. 그는 마침내 돌아서서 사라졌다.

그가 나가버리자, 나는 평온함을 되찾았다. 기진맥진해서 침대에 몸을 던졌다. 그러고는 잠이 들었던 모양이다. 얼굴 위에 별빛을 느껴 눈을 떴기 때문이다. 들판의 소리들이 나에게까지 올라왔다. 밤 냄새, 흙 냄새, 소금 냄새가 관자놀이를 시원하게 해주었다. 잠든 그 여름의 그 희한한 평화가 밀물처럼 내 속으로 흘러들었다. 그때 밤의 저 끝에서 사이렌이 울렸다. 그것은 이제 나에게 영원히 관계없게 된 한 세계로의 출발을 알리고 있었다. 참으로 오래간만에 처음으로 나는 어머니를 생각했다. 어머니가 왜 인생의 끝에 '약혼자'를 만들었는지, 왜 생애를 다시 시작해보려고 했는지 나는 이제야 이해할 수 있을 것 같았다.

거기, 뭇 생명들이 꺼져가는 그 양로원 근처에서도, 저녁은 우수로 가득찬 휴식시간 같았었다. 그처럼 죽음 가까이에서 어머니는 해방감을 느꼈고, 모든 것을 다시 살아볼 마음이 내켰을 것임에 틀림없다. 아무도 어머니의 죽음을 슬퍼할 권리는 없다. 그리고 나 또한 모든 것을 다시 살아볼 수 있을 것 같은 생각이 들었다. 그 커다란 분노가 내 죄를 씻어주고 희망을 모두 가시게 해준 것처럼, 산호들과 별들이 가득한 밤을 앞에 두고, 나는 비로소 세계의 정다운 무관심에 마음을 열었다. 그처럼 세계가 나와 닮아 마침내는 형제 같음을 느끼자, 나는 전에도 행복했고, 지금도 행복하다고 느꼈다. 모든 것이 끝나, 내가 덜 외롭게 느껴지기 위해서, 나에게 남은 소원은 다만, 내가 사형 집행을 받는 날 많은 구경꾼들이 와서 증오의 함성으로 나를 맞아 주었으면 하는 것뿐이다.

부록

해설

《이방인》에 대하여

●

장폴 사르트르

카뮈의 《이방인》은 출간 즉시 최대의 호평을 받았다. 사람들은 입을 모아서 '종전 후 최고의 걸작'이라고 말했다. 이 시대의 문예 창작물 가운데서 이 소설은 그 자체가 이미 하나의 이방인이었다.

이 소설은 경계선 저쪽, 바다 건너 저쪽으로부터 우리들에게로 온 것이다. 이 소설은 석탄이 떨어진 이 싸늘한 봄철의 태양에 대하여 이야기한다. 무슨 이국적인 신기함에 대해서 이야기하듯이 하는 것이 아니라, 그것을 너무 만끽한 나머지 이젠 지쳤다는 듯한 친밀감을 가지고 이야기한다. 이 소설은 다시 한 번 구체제를 자기 손으로 직접 매장하겠다거나, 혹은 우리로 하여금 2차대전 중에 부역을 했다는 수치심을 뼈저리게 느끼도록 하려고 기를 쓰는 것도 아니다. 이 책을 읽노라면 우리는, 스스로의 풍모에 의해

값지다는 것이 드러날 뿐 구태여 무엇을 증명하려고 애쓰지 않는 작품들이 예전에 있었다는 것을 떠올리게 되는 것이다. 이같은 무상성無償性의 다른 한편으로, 이 소설이 상당히 애매하다는 인상이 여전히 지워지지 않고 남는다. 자기 어머니가 죽고 난 바로 그 다음날 '해수욕을 하고, 부정한 관계를 맺기 시작했으며, 희극영화를 보러가서 시시덕거린', 그리고 또 '태양 때문에' 아랍인을 살해해 놓고도, 자신은 '전에도 행복했고 지금도 행복하다'고 분명하게 말하며, 사형집행을 받는 날에는 단두대 주위로 많은 구경꾼들이 와서 '증오의 함성으로 맞아주기'를 원하는 이 인물을 어떻게 이해해야만 하는 것일까? 어떤 이들은 '바보다. 한심한 녀석이다'라고 말했다. 또 보다 더 눈이 밝은 어떤 이들은, '죄 없는 인간이다'라고 했다. 그렇다 하더라도 그 죄 없다는 것의 의미가 어떤 것인지 이해할 필요가 있다.

카뮈는 그보다 몇 개월 후에 출간한《시지프 신화》에서 자기 작품에 대해 정확한 주석을 제공하였다. 즉 그 책의 주인공은 선한 사람도 악한 사람도, 도덕적인 사람도 부도덕한 사람도 아니라는 것이다. 이러한 범주는 그 주인공에게 적당해 보이지는 않는다. 다만 작가가 부조리不條理라는 이름을 할애하는, 매우 특이한 종류에 속한다. 그러나 이 말은 카뮈의 펜 끝에서는 매우 다른 두 가지

의미를 가지게 된다. 부조리는 동시에 어떤 사실의 상태를 뜻하면서, 또한 그 사실의 상태에 대하여 어떤 사람들이 취하게 되는 명철한 의식을 뜻하기도 한다. 근원적인 부조리로부터 그것에 당연히 따르게 마련인 결론을 여지없이 이끌어내는 사람이 바로 '부조리한' 사람인 것이다. 이것은 마치 '스윙'이라는 춤을 추는 젊은 사람을 '스윙'이라고 칭할 때 생기는 의미의 이동과도 같은 것이다. 그러면 사실의 상태, 그리고 원초적인 조건으로서의 부조리란 무엇인가? 그것은 바로 인간과 세계와의 관계를 말한다. 원초적인 부조리는 무엇보다도 어떤 불일치를 뜻한다. 통일을 추구하는 인간의 열망, 그리고 인간 정신과 주어진 자연이라는 극복할 길 없는 이원성 사이의 분리, 영원을 갈구하는 인간의 충동과 존재가 가진 한정된 특성 사이의 분리, 인간의 본질인 '관심'과 그것에 대한 노력이 보여주는 허영 사이의 불일치가 그것이다. 죽음, 진실들이나 존재들을 하나의 원칙으로 단일화할 수 없다는 복수성複數性, 현실이 담고 있는 지각할 수 없는 어둠, 우연, 바로 이런 것들이 부조리가 가지고 있는 여러 성질들이다. 솔직히 이런 문제는 새로운 주제도 아니며 카뮈가 새롭게 소개하는 것도 아니다. 이 문제들은 17세기 이래 까칠하고 근시안적이며 냉소적인—이것은 매우 프랑스적인 면이지만—이성을 가진 사람들이 지적해온 것으로, 고전적 회의주의에서 흔해 빠진 단골 주제로 쓰이던 것이다. '연약하며 반드시 죽게 마련인 우리들 조건의 이 타고난 불행, 너무나 비참해서 그 문제를 조금만 자세하게 생각해보아도 위로가 될 것이라고는 전혀 찾지 못할 것이 분명한 불행'에 대하여 강조한 것은 파스칼이 아니었던가? '세계는 완전히 합리적이지도 않으며 그토록 불합리하지도 않다'는 카뮈의 말을 절대적으로 수긍할 사람은 파스칼이 아닐까? '습관'과 '오락'이 인간에게 '인간의 덧없음, 인간의 포기, 인간의 부족, 인간의 무력, 인간의 공허'를 은폐하고 있다는 것을 그는 우리들에게 보여주지 않는가? 《시지프 신화》의 차디찬 문체나 그 에세이가 다루는 주제로 볼 때, 카뮈는 앙들러Andler의 적절한 표현을 빌려 말해보자면, 니체 사상의 선구자들인 프랑스 계몽주의자들의 위대한 전통 속에 자리매김할 수 있겠다. 한편, 우리 인간의 이성이 지닌 능력에 대하여 회의를 제기하는 것은 더 근대적인 프랑스 인식론의 전통 속에 자리한다. 과학적 유명론唯名論, 푸앵카레, 뒤엠, 메이어슨 등을 생각해보면 우리의 이 저자가 현대과학에 대하여 퍼붓는 비난을 보다 더 잘 이해할 수 있을 것이다.

"……그런데 당신은 눈에 보이지도 않는 천체계 이야기를 하면서 그 속에서 전자들이 어떤 핵 주위를 회전한다고 설명한다. 결국 당신은 이 세계를 어떤 이미지로 설명하고 있는 것이다. 이렇

게 되면 나는 당신이 시(詩)에 이르게 되었다는 것을 알아차리게
된다……"

어떤 다른 저자가 그와 거의 같은 무렵에, 또 그와 같은 근거에
바탕을 두고서 제시한 견해도 바로 그런 것이었다. 그는 다음과
같이 썼다.

"(물리학은) 기계론적인, 역학적인, 심지어는 심리학적인 모델들
을 서로 구별하지 않은 채 닥치는 대로 사용한다. 마치 물리학은
본체론적인 주장 같은 것에서 해방되어, 그 자체로서 어떤 본질
을 전제로 하는 기계론이나 역학의 고전적인 모순에는 무관심
할 수 있게 되기라도 했다는 듯이 말이다."

카뮈는 멋을 부리느라고 야스퍼스, 하이데거, 키르케고르의 텍
스트들을 인용하기도 하는데 그 의미를 잘 알고 인용하는 것 같지
않다. 그러나 그의 진정한 스승들은 딴 데 있다. 그가 추론하는 방
식, 그의 명쾌한 생각, 수필가다운 문체, 일종의, 그 음산하면서도
햇빛처럼 밝고, 정돈되어 있으며, 엄숙한 동시에 황량한 정서 등
모든 것은 고전적인 한 인간, 지중해적 인간을 드러내 보여주고 있
다. 심지어 "우리들에게 감동을 주는 동시에 분명한 이해에 도달할

수 있게 해주는 것은 오직 자명함과 서정 사이의 균형뿐이다"라고 한 방법론에 이르기까지 그 어느 것 하나 파스칼이나 루소의 저 해묵은 '정념에 넘치는 기하학'을 생각게 하지 않는 것이 없다. 예컨대 독일의 현상학자나 덴마크의 실존주의자보다는 훨씬 더 지중해적인 사람인 또 한 사람의 모라스Maurras—여러 가지 점에서 그와 다르기는 하지만—와 비교되지 않을 수가 없는 것이다.

카뮈는 아마도 우리가 말한 이런 모든 사실을 인정할 것이다. 그의 독창성은 바로 자기 생각의 극한점으로 밀고 나가는 데 있다. 그의 입장에서는 회의주의적인 숱한 격언들을 수집하자는 게 목적이 아니다. 물론 두 가지를 따로따로 놓고 보면 부조리란 인간 속에도 세계 속에도 있지 않다. 그러나 '세계의 존재'가 인간의 근본적인 성격이고 보면 부조리는 결국 인간의 조건이나 다름없다. 그러므로 그것은 단순한 어떤 개념의 대상이 아니다. 우리에게 부조리를 계시하여 주는 것은 한순간 번개가 스치는 듯한 저 참담한 정경인 것이다.

"아침의 기상, 전차, 사무실이나 공장에서의 4시간, 식사, 다시 전차, 4시간의 일, 식사, 잠, 그리고 똑같은 리듬 속의 월요일 화요일 수요일 목요일 금요일 토요일……"

그러고는 갑자기 '무대장치가 무너지고' 우리는 아무런 희망도 기대할 수 없는 명철한 의식에 이르게 된다. 그때 우리가 종교나 존재론적 철학의 기만적인 구원을 거부할 줄만 안다면, 우리는 근원적인 몇 가지 자명한 사실을 파악할 수 있다. 즉 이 세계는 혼돈이며 '혼돈으로부터 생겨나는 신성한 대응체對應體'라는 사실이다. 사람은 반드시 죽는 것이므로 내일이란 없다.

"갑자기 빛과 환상이 사라진 세계 속의 인간은 이방인이 되었다고 느낀다. 이런 추방이 절망적인 것은, 이젠 고향을 잃어버렸기 때문에 더 이상 고향을 추억할 수도 없고 약속된 땅에 대해 희망을 품을 수도 없기 때문이다."

실제로는 인간은 그 자체가 세계는 아니기 때문이다.

"만약 내가 많은 수목들 중의 한 나무에 지나지 않았다면……이 삶은 의미가 있었을 것이다. 아니 차라리 이런 문제는 아무 뜻도 없었을 것이다. 왜냐하면 나는 이 세계의 일부분이었을 것이기 때문이다. 즉 나는 지금 내가 내 모든 명철한 의식을 투입하여 나 스스로와 대립시키고 있는 바로 이 세계 자체였을 것이니까. ……이 보잘것없는 나의 이성, 그러나 나 자신을 이 세계

전체와 대립시키는 것은 바로 이성인 것이다."

　이렇게 벌써 소설의 제목은 부분적으로 해명이 된다. 곧 이방인이란 세계와 대면하고 있는 인간이다. 카뮈는 자기 작품에 조지 기싱의 한 작품처럼 '귀양살이로 태어나다Ne en exil'라는 제목을 붙일 수도 있었을 것이다. 이방인은 인간들 속에 태어난 인간이기도 하다. "낯선 얼굴이 떠오르는데 그 얼굴이 다름 아닌 사랑했던 여인일 때가 있다."―그리고 끝으로, 이방인이란 나 자신에 대하여 느끼는 나 자신, 즉 정신에 대하여 느끼는 자연 그대로의 인간이다. 즉 "어떤 때 거울 속에서 우리를 만나러 오는 그 이방인"이다.

　그러나 이방인은 그것으로 전부는 아니다. 그는 부조리의 정열이기도 하다. 부조리의 인간은 자살하지 않을 것이다. 그는 자신의 그 어떤 확신도 포기하지 않으며, 내일도 희망도 없이, 환상도 없이, 그렇다고 체념하지도 않으면서 살고자 하는 것이다. 부조리의 인간은 반항 속에서 자기 자신을 긍정한다. 그는 정열로 가득 찬 주의를 기울여서 죽음을 응시하는데, 바로 그 집요한 응시가 그를 해방한다. 그는 사형수의 저 '비길 데 없는 무책임'을 알고 있다. 신은 존재하지 않으며 인간은 반드시 죽는 것이므로 모든 것이 허락되어 있다. 모든 경험은 무엇이든 다 같은 값이다. 그러므로 가능한 한 많은 경험을 얻는 것이 좋다.

> "끊임없이 의식의 날을 세우고 있는 한 영혼이 앞에 두고 있는
> 현재, 그리고 계속 잇달아 이어지는 그 현재들, 그것이 바로 부
> 조리의 인간이 바라는 이상이다."

이러한 '양量의 윤리' 앞에서 모든 가치들은 무너진다. 이 세상에 던져진, 반항적이며 책임 없는 부조리 인간은 '정당화할 아무것도' 가지고 있지 않다. 그는 무죄無罪이다. 선과 악, 허락과 금지를 가르쳐주는 목사가 도착하기 전의 상태로 살고 있던 서머싯 몸의 원주민들처럼 그는 순진하다. 그에게는 모든 것이 허락되어 있는 것이다. '미소와 무관심이 깃든 영원한 현재 속에 살고 있는' 뮈슈킨 공작처럼 순진하다. 어느 면으로 보나 철저하게 순진한 그는 굳이 말하자면 일종의 '백치'다. 이제 우리는 카뮈 소설의 제목을 충분히 이해할 수 있게 되었다. 그가 그리려는 이방인은 바로 사회의, 이른바 놀이 규칙을 받아들이지 않기 때문에 사회에 이변을 일으키는 저 기가 막힌 순진한 자들 중의 하나이다. 그는 이방인들 가운데 살지만 그들에 대해서도 그는 이방인이다. 바로 그렇기 때문에 어떤 이들은 그를 사랑할 것이다. 그가 '이상한 사람이어서' 애착을 느끼는 정부 마리처럼. 하지만 바로 그렇게 때문에

어떤 이들은 그를 미워할 것이다. 문득 자신이 그에게 증오의 시선을 던지고 있다는 것을 느끼는 법정 속의 군중처럼. 책을 열면서 아직도 부조리의 감정과 친숙해지지 않은 우리는 우리에게 익숙한 규범에 따라서 그를 판단해보려고 애쓰지만 잘 되지 않는다. 그는 우리에게도 역시 하나의 이방인이다.

따라서 책을 열면서 "일요일이 또 하루 지나갔고, 어머니의 장례식도 이제는 끝났고, 내일은 다시 일을 시작해야 하겠고, 그러니 결국 달라진 것은 아무것도 없다는 생각을 했다."라고 쓴 것을 읽을 때 우리가 느낀 충격은 작가가 의도한 것이었다. 그 충격은 우리가 부조리와 처음 대면할 때 생기는 효과이다. 그러나 아마도 우리들은 책을 계속 읽어나감으로써, 그 어색한 기분이 가시고, 모든 것이 조금씩 해명되고, 이성적으로 걸맞게 되고, 설명이 될 것이라고 기대하리라. 그런데 그 기대는 무너졌다. 《이방인》은 설명하는 책이 아니다. 그것은 증명하는 책도 아니다. 부조리의 인간은 설명하는 것이 아니라 묘사한다. 카뮈는 다만 제시할 뿐, 원래가 정당화할 수 없는 성질의 것인 그것을 정당화하려고 애쓰지 않는다. 《시지프 신화》는 이 작가의 소설을 어떤 방법으로 받아들여야 할 것인지를 가르쳐준다. 과연 우리는 그 속에서 부조리 소설론을 발견한다. 인간조건의 부조리가 그 책의 유일한 주제이기도 하지만, 그렇다고 주제소설은 아니다. 그 소설은 '자족하는' 사고, 증빙서류를 제공하는 데 급급한 사고의 산물이 아니다. 반대로 '한계를 지닌, 죽어 없어지게 마련인 인간의, 반항적인' 사고의 산물이다. 그 소설은 그 자체로 합리적 이성의 무용성을 증명한다.

> "(위대한 소설가들이) 추론보다는 오히려 이미지를 통해서 글을 쓰는 쪽을 택함으로써 그들은 그들에게 공통된 어떤 생각을 드러내 보인다. 즉 그들은 일체의 설명적인 원리란 무용하다는 것과 감각적 외관이 교훈적 메시지를 표현할 수 있음을 굳게 믿는 것이다."

그러므로 자기의 메시지를 소설의 형태로 제공한다는 사실만으로도 카뮈에게는 자랑스러운 겸손인 것이다. 즉 그것은 체념이 아니라 인간사고의 한계에 대한 반항적인 인정이다. 그가 이 소설적 메시지에 대하여 《시지프 신화》라는 철학적 해석을 제공할 필요가 있다고 생각한 것은 사실이며, 우리는 곧 이러한 이중적 표현에 대하여 어떻게 생각하여야 할지를 알게 될 것이다. 그러나 이와 같은 철학적 해석이 존재한다고 해서 결코 소설이 가진 무상성無償性이 변질되지는 않는다. 사실 부조리의 예술가는 자기의 작품이 필요하다는 환상마저도 잃어버렸다. 오히려 그는 우리가 그의 작품의 덧없음을 끊임없이 인식하기를 바란다. 마치 지드가 그의 소설 《사전꾼들》 맨 끝에, 사람들이 '더 계속하려면 계속할 수도 있었을'이라고 써넣기를 바랐듯이, 예술가는 그의 책에 '존재하지 않을 수도 있었을 작품'이라고 첨가하기를 바란다. 작품은 저 돌, 저 물의 흐름, 저 얼굴처럼 존재하지 않을 수도 있었을 것이다. 그 것은 세상의 모든 현재처럼 그렇게 단순하게 주어지는 하나의 현재이다. '나는 그것을 쓰지 않을 수가 없었다. 그것으로부터 나는 해방되지 않으면 안 되었다'라고 말하며 예술가들이 자기 작품에 대하여 기꺼이 구하는 주관적인 필연성마저 부조리의 작품은 가지고 있지 않다. 우리는 여기서, 예술 작품이란 삶에서부터 떨어져 나온 한 페이지에 지나지 않는다고 부르짖는 초현실주의적 테러리즘의 주제를 다시 만난다. 물론 작품은 삶을 표현한다. 그러나 삶을 표현하지 않을 수도 있었을 것이다. 《악령》을 쓰든 크림을 탄 커피를 마시든 모든 것은 마찬가지 값이다. 따라서 '예술을 위하여 그들의 삶을 희생한 작가들이 요구하는 저 주의깊은 관심을 카뮈는 독자에게 요구하지 않는다. 이방인은 그의 삶의 한 페이지일 뿐이다.

가장 부조리한 삶은 가장 불모不毛의 삶이듯이 그의 소설은 찬란한 불모이기를 원한다. 예술은 무용한 너그러움이다. 그렇다고 너무 놀랄 것은 없다. 카뮈의 패러독스 속에서는 '미美의 무목적적 목적'과 관련된 칸트의 매우 현명한 몇몇 지침들을 되찾아볼 수 있다. 하여간《이방인》은 삶에서 떨어져 나온 한 페이지로서 정당화되지도, 정당화될 수도 없는 채로, 불모의 것으로 어느새 저자로부터 또 다른 현재를 위하여 버림받은 채로 여기에 생뚱맞게 던져져 있다. 우리는 소설을 그 상태 그대로 받아들여야 한다. 이성을 넘어서서, 부조리 속에서 저자와 독자가 갖게 되는, 저 갑작스러운 교감의 통일로서 받아들여야 한다.

이상이 대체로《이방인》의 주인공을 우리가 어떻게 보아야 하는가를 지적해주는 점들이다. 만약 카뮈가 주제소설을 쓰고자 했다면, 자기 가족을 거느린 한 관리가 갑자기 부조리를 직감하고 한동안 몸부림치다가 마침내 자기의 조건이 내포하고 있는 근본적인 부조리로 살아가기를 결심하는 모습으로 그려 보여주는 것이 오히려 쉬웠을 것이다. 그러면 독자나 주인공이나 다 같이, 똑같은 이유로 설복되었을 것이다. 그렇지 않으면 카뮈는 자신이《시지프 신화》속에서 열거하는 부조리의 대표적 인간들, 즉 돈 후안이나 배우, 정복자, 혹은 예술가들 중의 하나의 삶을 그려 보일 수도 있었을 것이다. 그러나 그는 그렇게 하지 않았다. 부조리의 이론과 친근한 독자에게까지도《이방인》의 주인공인 뫼르소는 애매한 채로 남는다. 물론 우리는, 그가 부조리하며, 용서 없이 명철한 의식이 그의 주된 성격이라는 것을 잘 알고 있다. 더구나 여

《이방인》에 대하여

러 가지 점에서 그는《시지프 신화》에서 주장하고 있는 이론의 조심스러운 해설이 되도록 만들어져 있다. 예를 들어 카뮈는《시지프 신화》에서 이렇게 쓴다.

"한 인간은 그가 말하는 것들에 의해서라기보다 침묵하는 것들에 의해서 한결 더 인간답다."

그런데 뫼르소가 바로 그 사내다운 침묵과, 말만으로 갚기를 사양하는 태도의 모범이 되고 있다.

"(사람들이 묻기를) 내가 내성적인 성격을 가진 것을 알고 있었느냐고 하는 질문에는 다만, 나는 무의미한 말을 하지 않는 성격이었다고 대답했다."

그리고 2행 더 앞에서, 같은 피고측 증인은 뫼르소가 '사내다운 친구'였다고 밝혔다.

"그 말이 무슨 뜻이냐고 물으니까 그는, 그것이 무슨 뜻인지는 누구나 다 안다고 말했다."

마찬가지로 카뮈는《시지프 신화》에서 사랑에 관하여 길게 자기의 생각을 설명한다.

"우리는 우리 자신을 어떤 존재와 맺어주는 힘을 사랑이라고 부르지만 그것도 오직 책이나 전설이 만들어낸 어떤 집단적 관점으로 그렇게 부르는 것이다."

이와 병행하며 우리는《이방인》에서 다음과 같은 대목을 읽을 수 있다.

"그녀는 내가 자기를 사랑하는지 알고 싶다고 했다.…… 그건 아무 의미도 없는 말이지만 아마 사랑하지는 않는 것 같다고 대답했다."

그런 관점에서 볼 때 '뫼르소는 자기의 어머니를 사랑했는가?'라는 질문을 둘러싸고 재판정에서, 그리고 독자의 머릿속에서 제기되는 토론은 이중으로 부조리하다. 우선 변호사의 말처럼 '그는 자기의 어머니를 매장했기 때문에 기소된 것인가 살인을 했기 때문에 기소된 것인가'? 그러나 무엇보다도 '사랑한다는' 말 자체가 무의미하다. 아마 뫼르소는 돈이 넉넉하지 못했기 때문에, 또 '그와 어머니는 서로 할 말이 없었기 때문에' 어머니를 양로원에 보냈을 것이다. '일요일을 빼앗겨야 하기 때문에, 버스 정류장까지 가서 표를 사가지고 2시간 동안이나 차를 타야 하는 수고는 그만 두고라도' 어머니를 자주 찾아가보지 못했을 것이다. 그러나 그것이 무슨 뜻이 있는 말일까? 그는 바로 현재에, 현재의 감정에 온통 쏠려 있는 사람이 아닌가? 흔히들 감정이라고 부르는 것은 추상적인 단위이며 불연속적인 인상들을 의미하는 것에 지나지 않는다. 내가 사랑하는 사람이라고 해서 내가 항상 그를 생각하는 것은 아니다. 그러나 내가 그의 생각을 하고 있지 않을 때도 나는 그를 사랑하고 있다고 스스로 생각하는 것이다. 따라서 나는 실제 순간적인 감동을 전혀 느끼지 않는 상태에서도 추상적인 감정의 이름으로 나의 편안한 마음을 동요하게 만들 가능성이 있는 것이다. 그러나 뫼르소는 그와는 다르게 생각하며, 다르게 행동한다. 그는 연속적인, 그리고 모두가 똑같은 그런 엄청난 감정 따위는 알고 싶어하지 않는다. 그에게 사랑이란 것은, 아니 심지어는 여러 가지 사랑들이란 것도 존재하지 않는다. 오직 현재, 그리고 구체적인 것만이 중요하다. 그가 그렇게 하고 싶을 때는 어머니를 만나러 가는 것이다. 그뿐이다. 그럴 욕망만 생기면 그것은 그가 버스를 타고 가도록 할 만큼 대단한 욕망일 것이다. 이 무심한 인물이 문득 맹렬하게 트럭의 뒤꽁무니를 쫓아가서 달리는 차 위에 뛰어오를 수 있을 만큼 대단한 그의 욕망을 보더라도 그렇다. 그리고 그는 언제나 '엄마'라는 다정하고 어린애 같은 호칭으로 자기 어머니를 부르면서 어머니를 이해하고 어머니와 자신을 동일시하기를 잊지 않는다.

> "사랑에 대해서 아는 바가 있다면 그것은 오직 나를 어떤 존재
> 와 맺어주는 욕망과 애정과 지성의 혼합물뿐이다."

그러므로 우리는 뫼르소의 성격이 지닌 '이론적'인 면을 간과할 수 없다. 마찬가지로 그가 행하는 많은 대담한 행위들은 근본적인 부조리의 이러저러한 면을 부각시키는 데 그 주된 목적이 있는 것이다. 예컨대 우리는 《시지프 신화》에서 "어느 이른 새벽 감옥의 문이 열릴 때 그 문 앞으로 끌려나온 사형수가 맛보는 기막힌 자유로움"에 대한 찬미를 읽었다. 카뮈가 자기의 주인공을 사형대로 보낸 것은 바로 그 새벽과 그 자유로움을 우리로 하여금 맛보게 하기 위한 것이었다. "사형집행보다 더 중대한 일은 없으며, 요컨대 그것이야말로 사람에게는 참으로 유일한 관심사라는 것을 어째서 나는 알아차리지 못했을까!"라고 주인공은 말한다. 이런 예와 인용은 얼마든지 찾을 수 있을 만큼 많다. 그러나 저 명철한 의식을 가진 무심하고 말수가 적은 인물은 필요에 의해서 통째로

조립된 인간이 아니다. 물론 성격이 일단 그 형태를 대충 갖추게 되면 저절로 완성될 것이고, 또 인물은 그 자신에 특유한 무게를 지니게 마련이다. 그의 부조리는 억지로 획득된 것이 아니라 주어진 조건처럼 보인다. 그는 그런 사람이다. 그뿐이다. 그 인물은 소설의 마지막 페이지에 가서 스스로에 대한 깨달음을 얻게 되지만 오래전부터 그는 카뮈의 규범에 따라서 살아왔다. 만약 부조리의 은총이라는 것이 있다면 그는 바로 은총을 입은 것이라고 말할 수 있다. 그는 《시지프 신화》에서 거론되는 질문들 따위는 전혀 제기하지 않는 것 같다. 그가 사형 집행을 당하기 전에 반항하는 것 같지도 않다. 그는 행복했다. 그는 되는 대로 내버려두며, 카뮈가 그의 에세이 속에서 여러 차례에 걸쳐 지적한, 저 은밀한 아픔, 눈앞이 캄캄해지는 죽음의 현존이 가져오는 아픔조차도 그의 행복은 경험해본 것 같지 않다. 그는 무관심까지도, 마치 단순히 게으름 때문에 그가 집에 죽치고 들어앉아 있는 일요일, '좀 심심했다'고 털어놓는 일요일의 경우와 같이 단순하고 무료한 성격을 띤 것 같다. 이처럼 심지어 부조리의 시선으로 볼 때조차 인물은 그 특유의 난해성을 지니고 있다. 그것은 부조리의 돈 후안도 돈키호테도 아니요, 심지어는 그가 산초 판차라는 생각마저 들 정도이다. 그는 여기 있고, 그는 존재할 뿐 우리는 그를 완전히 이해할 수도 판단할 수도 없다. 요컨대 그는 그저 살고 있다. 우리가 보기에 그를 정당화시켜주는 유일한 소설적 견고함은 바로 그 점인 것이다.

그렇지만 《이방인》을 완전히 추상적 작품으로 간주해서는 안 된다. 우리가 앞서 지적했듯이 카뮈는 부조리의 감정과 개념을 구별한다. 그 점에 대하여 그는 이렇게 쓴다.

"위대한 작품들이 그렇듯이, 심오한 감정들은 항상 의식적으로
나타내려는 것 이상을 의미하고 있다…… 위대한 감정들은 찬
란하거나 비참한 그들 특유의 우주를 거느리고 돌아다닌다."

그리고 약간 나중에 이렇게 덧붙인다.

"그렇다고 해서 부조리의 감정이 곧 부조리의 개념은 아니다.
전자가 후자의 근거가 되는 것뿐이다. 부조리의 감정은 부조리
의 개념 속에 요약되지 않는다……"

《시지프 신화》는 그 '개념'을 겨누고 있으며, 《이방인》은 그 '감정'을 느끼게 해준다고 할 수 있다. 이 두 권의 책들이 출간된 순서는 그와 같은 가설을 증명해주는 것 같다. 《이방인》은 먼저 출간되어 우선 부조리의 '분위기' 속으로 아무런 설명 없이 우리들

을 몰아넣는다. 나중에 나온 에세이는 그것의 풍경을 비춰준다. 그런데 부조리란 격리됨이며 벌어진 간격이다. 《이방인》은 그러므로 격리, 간격, 이방에서의 낯설음을 그린 소설이다. 바로 그 점에서 소설의 재치 있는 구성이 생겨난다. 한편으로는 체험적 현실의 일상적이고 무정형한 물결, 다른 한편 인간의 이성과 언어논리에 의한 그 현실의 의도적 재구성이 그것이다. 그것은 우선 순수한 현실성과 대면한 독자가 자신도 모르는 사이에 그 현실성을 합리적으로 재구성한 상태 속에서 다시 만나도록 만드는 기술이다. 바로 여기에서 부조리의 감정, 즉 우리의 관련과 말을 통해서 이 세상에 일어나는 사건들을 사고할 수 없다는 무력감에서 오는 그 감정이 생겨난 것이다. 뫼르소는 어머니를 매장하고 정부를 얻고 범죄를 저지른다. 이 서로 다른 사실들은 한데 모인 증인들에 의하여 증언되고 검사에 의하여 설명될 것이다. 그렇게 되면 뫼르소는 사람들이 자기와는 관계가 없는 어떤 다른 사람들의 이야기를 하고 있는 듯한 인상을 받을 것이다. 모든 게 이렇게 구성되어 마침내는 사람들이 정해놓은 여러 가지 규칙에 따라서 만들어진 이야기를 증인석에서 하고 난 후에 울음을 터뜨리면서 "그게 아니다, 다른 것도 있었다, 사람들이 억지로 자기가 생각하는 것과는 반대로 이야기를 시킨 것이다"라고 말하는 마리의 감정 폭발로 인도되는 것이다. 이와 같이 거울의 조작 방식은 《사전꾼들》이

후 흔히 사용되었다. 그것이 카뮈의 독창성은 아니다. 그러나 그가 해결해야 할 문제는 독특한 형식을 고안해내야 한다는 것이었다. 검사의 마지막 결론과 살인을 하게 된 진정한 상황 사이의 격차를 우리가 느끼기 위해서, 또 벌을 내리겠다고 자처하면서도 문제된 사실을 결코 이해하거나 심지어 밝혀낼 수 조차 없는 법의 부조리에 대한 인상을 우리가 책을 덮으면서 간직하기 위해서, 우리는 먼저 현실과, 또는 그 상황들 중의 어떤 것과 이미 대면할 필요가 있었던 것이다. 그러나 이런 접촉을 성립시키기 위해서 카뮈가 동원할 수 있는 것은 검사나 마찬가지로 말과 관념밖에 없다. 그는 말을 가지고 생각들을 한데 모아 말 이전의 세계를 묘사해야 한다.《이방인》의 제1부는 최근에 나온 어떤 책처럼 '침묵의 번역 Traduit du Silence'이라고 제목을 붙여도 좋을 것이다. 여기서 우리는 많은 현대작가들에게 공통된 하나의 악惡과 접하게 되는데, 나는 그것을 처음 표현한 이는 쥘 르나르라고 생각한다. 나는 그것을 '침묵의 고정관념'이라고 부를까 한다. 장 폴랑은 아마도 여기서 문학적 테러리즘의 한 결과를 발견할지도 모른다. 그것은 초현실주의자들의 자동기술에서부터 J.J.베르나르의 '침묵의 연극'에 이르기까지 수많은 형태를 취해왔다. 하이데거가 지적했듯이 침묵은 말의 가장 진정한 양식이기 때문이다. 말할 수 있는 자만이 침묵한다.《시지프 신화》속에서 카뮈는 말을 많이 한다.

그는 수다스럽기까지 하다. 그렇기만 그는 우리들에게 자신의 침묵에 대한 사랑을 고백한다. 그는 키르케고르의 말을 인용한다.

"침묵 중에서 가장 확실한 침묵을 말하지 않는 것이 아니라 말을 하는 것이다."

그리고 그는 덧붙여 "인간은 그가 말하는 것에 의해서보다도 그가 침묵하는 것에 의해서 더욱 인간적이다"라고 말한다. 그리하여 그는 《이방인》에서 말하지 않으려 애를 쓴다. 그러나 말을 가지고 어떻게 침묵할 수 있을까? 어떻게 생각할 수도 없고 질서도 없는 현재들의 연속을 관념으로 보여줄 수 있을까? 이와 같은 도박은 하나의 새로운 기법을 요구한다.

그 기법은 어떤 것인가? '헤밍웨이가 쓴 카프카다'라고 말한 사람이 있었다. 솔직히 말해서 나는 거기서 카프카를 찾아볼 수는 없었다. 카뮈의 관점은 완전히 지상적地上的인 것이다. 카프카는 불가능한 초월의 소설가다. 그에게 있어서 우주는 우리가 이해하지 못하는 의미로 가득 차 있다. 무대장치 저 너머에 무엇인가 있는 것이다. 카뮈에게 있어서는 그와 반대로 인간의 드라마는 바로 초월의 부재에 있다.

"나는 이 세계가 그 자체를 초월하는 어떤 의미를 지니고 있는 지 어떤지 알지 못한다. 그러나 나는 그 의미를 이해하지 못하며 지금 나로서는 그것을 인식할 길이 없다는 것을 알고 있다. 나의 조건을 벗어나는 의미가 존재한들 그것이 나에게 무슨 의미가 있겠는가? 나는 오직 인간적인 언어로 된 것만을 이해할 수 있을 따름이다."

　따라서 그에게 있어서는 비인간적이며 판독할 길 없는 어떤 질 서를 감지하게 해줄 말의 조립방식을 찾아내자는 데 목적이 있는 것이 아니다. 비인간적인 것이란 무질서와 기계적인 세계일뿐이 다. 그의 세계는 심상치 않은 것, 의심이 가는 것, 은밀한 암시 따 위는 없다. 《이방인》은 우리에게, 끊임없이 연속되는 빛나는 광경 들을 보여준다. 그것들이 우리를 어리둥절하게 만드는 것은, 그들 사이를 서로 이어줄 만한 연결점도 없이 그 연속되는 장면들의 수 가 너무 많이 때문이다. 아침들, 밝은 저녁들, 요지부동의 정오들, 이것이 그가 좋아하는 시간들이다. 알제의 영원한 여름, 이것이 그의 계절이다. 그의 세계 속에는 밤이 들어앉을 자리가 없다. 그 가 밤 이야기를 하게 된다 하더라도 이런 식이다.

　"눈을 뜨자 얼굴 위에 별이 보였기 때문이다. 들판의 소리들이

나에게까지 울려올라왔다. 밤 냄새, 흙 냄새, 소금 냄새가 관자
놀이를 시원하게 해주었다. 잠든 그 여름의 그 희한한 평화가 밀
물처럼 내 속으로 흘러들었다."

이런 구절을 쓴 사람은 카프카의 고뇌와는 최대한의 거리를 보
여준다. 무질서의 와중에서 그는 태평이다. 물론 자연의 완강한
어둠은 그를 자극하면서도 그를 안심시켜준다. 그 비합리성은 다
만 하나의 네거티브 사진에 지나지 않는다. 부조리의 인간은 인간
주의자이며 그가 아는 것이란 이 세계의 재화밖에 없다.

헤밍웨이와의 비교는 보다 더 의미가 있는 것 같다. 두 사람의
스타일이 가진 유사성은 분명하다. 두 가지 텍스트 속에서 문장들
은 다 같이 단문들이다. 각개의 문장은 그 전의 문장들로부터 이
미 얻은 힘을 이용하기를 거부하며 저마다의 문장은 항상 새로운
시작이다. 개개의 문장은 마치 하나의 동작, 하나의 사물을 기록
한 스냅사진과도 같다. 새로운 하나하나의 동작과 사물에는 그에
해당하는 새로운 문장이 대응된다.
　그렇지만 그것으로 나는 썩 만족이 되지 않는다. '미국식'의 이
야기 서술기법이 존재한다는 것은 물론 카뮈에게 도움이 되었을
것이다. 꼬집어 말해서 카뮈가 그 기법의 영향을 받은 것이 아닐

까 싶기도 하다. 《하오의 죽음》은 소설이 아니지만 그 속에서까지도 헤밍웨이는 이 딱딱 끊어지는 서술 기법을, 일종의 호흡 경련에 의하여 하나하나의 문장을 무無로부터 튀어나오게 하는 기법을 여전히 사용하고 있다. 과연 그의 스타일은 그의 인간 자체이다. 그런데 우리는 벌써 카뮈가 그와 다른 스타일을, 즉 의식적儀式的 스타일을 소유하고 있다는 것을 알고 있다.

　게다가 《이방인》 속에서까지도 그는 때때로 어조를 높인다. 그럴 때면 문장은 보다 폭이 넓고 지속적인 양상을 띤다.

　　"이미 고즈넉하게 가라앉은 대기 속에서 들려오는 신문장수들의 외치는 소리, 작은 공원 안의 마지막 새소리, 샌드위치 장수의 부르짖음, 시내 고지대의 급커브길에서 울리는 전차의 마찰음, 그리고 항구 위로 밤이 내리기 전의 하늘에 반향하는 어렴풋한 소리, 그러한 모든 것이 나에게 장님이 더듬는 행로와도 같은 것을 이루는 것이었다."

　뫼르소의 숨찬 서술 저 너머 그 서술을 밑받침하고 있는, 그리고 아마도 카뮈의 개성적인 표현 양식인 듯한 하나의 시적 산문이 환하게 비쳐 보인다. 《이방인》이 뚜렷한 미국식 기법의 흔적을 담고 있는 것은 의식적으로 빌려온 경우이기 때문이다.

선택할 수 있는 여러 가지 수단 중에서 카뮈는 자기가 하고 싶은 이야기에 가장 잘 맞아 보이는 수단을 택했다. 그가 이 다음 작품에서도 여전히 그 수단을 사용할지는 의심스럽다.

이야기의 짜임새를 좀더 자세히 살펴보자. 그러면 우리는 그의 기법에 대해 더 잘 알 수 있을 것이다. "인간들에게서도 역시 비인간적인 것이 배어나온다. 의식이 명료한 어느 정도의 시간 동안에는, 사람들의 행동에서 보이는 기계적인 면과 의미를 잃은 무언극이 사람들 주변의 모든 것을 바보같이 만들어버린다."라고 카뮈는 쓴다. 무엇보다 먼저 알아차려야 할 것은 바로 이 점이다. 즉《이방인》은 별안간 우리를 '인간의 비인간적인 면 앞에서 느끼는 당혹'과 대면시킨다. 우리에게 그와 같은 당혹을 불러일으키는 그 특이한 경우는 어떤 것일까?《시지프 신화》는 그 한 예를 제공한다.

"한 사내가 유리 칸막이 저쪽에서 전화를 하고 있다. 목소리는 들리지 않는다. 몸짓은 보이지만 이해될 만한 것은 아니다. 그 모습을 보고 있다 보면 저 사람은 왜 살까 하는 의문이 들게 된다."

이만하면 알 만하다. 아니 좀 지나칠 정도로 알 만하다. 왜냐하면 이 예는 저자의 어떤 고의적 선입견을 드러내고 있기 때문이다. 실제로 목소리가 들리지 않는 전화 거는 사람의 몸짓은 오로지 '부분적으로만' 부조리하다. 왜냐하면 이것은 고의로 차단된 통로의 경우이기 때문이다. 문을 열고 수화기에 귀를 기울여보라. 그러면 말의 통로가 다시 연결되고 인간적인 행위가 제 의미를 되찾는다. 따라서 온당하게 생각하는 사람이라면 오직 상대적인 의미의 부조리가 있을 뿐이며 '절대적인 합리성'에 비추어 볼 때의 부조리가 있을 뿐이라고 말해야 옳을 것이다. 그러나 여기서의 문제는 온당한 생각이 아니라 예술이다. 카뮈의 기법은 분명해졌다. 말하는 인물들과 독자 사이에 그는 유리 칸막이를 만들어 놓으려는 것이다. 유리창 너머에 있는 사람들보다 더 어색한 것이 또 있겠는가? 유리창은 모든 것을 다 통과시키는 것 같으면서도 단 한 가지만을, 즉 그들 동작의 의미만을 차단시키고 있다. 남는 것은 어떤 유리창을 선택하느냐이다. 여기서 선택된 유리창은 '이방인'의 의식이다. 실제로 그것은 하나의 투명체이다. 그 의식이 보는 것이면 우리에게도 다 보인다. 다만 그 의식은 사물에 대하여는 투명하지만 의미에 대해서는 캄캄하게 되도록 조직되어 있는 것이다.

> "그러고 나서부터는 모든 것이 신속히 진행되었다. 인부들은 큰 보자기를 들고 관 앞으로 나섰다. 사제와 그를 뒤따르는 복사들과 원장과 나는 밖으로 나왔다. 문 앞에 내가 모르는 어떤 부인이

서 있었다. '뫼르소 씨입니다.' 원장이 말했다. 나는 그 부인이 이름을 듣지 못했고 다만 그녀가 담당 간호사라는 것만 알았다. 그녀는 웃는 기색도 없이, 뼈가 앙상하게 드러난 길쭉한 얼굴을 숙였다. 그리고 우리들은 관이 지나갈 수 있도록 나란히 비켜섰다.'"

유리창 저 뒤편에서 사람들이 활발히 움직이고 있다. 그들과 독자 사이에는 거의 아무것도 아닌 듯한 순수한 투명체, 모든 사실들을 기록하는 순전히 수동적인 하나의 의식이 가로 놓여 있다. 단지 여기에 속임수가 있는 것이다. 즉 이 의식은 수동적인 것이기 때문에 오로지 사실들만을 기록한다. 독자는 이렇게 사이에 놓여 있는 투명체의 존재를 알아차리지 못했다. 그런데 이런 종류의 이야기가 전제로 하는 가정은 어떤 것일까? 요컨대 실제로는 가변적 선율과 같은 조직을 불변요소들의 합산合算으로 만들어버린 것이다. '움직임'들의 연속은 그 자체가 독자적 통일성을 가진 하나의 '행위'와 엄밀한 의미에서 동일하다고 생각한 것이다. 따라서 이것은 바로 '분석적 가설'의 경우가 아닌가? 즉 어떤 현실이든 어떤 양量의 요소로 환원할 수 있다고 전제하는 분석적 가설 말이다. 그런데 분석은 과학의 도구이지만 동시에 유머의 도구이기도 하다. 내가 럭비 시합을 묘사하고자 하면서 '짧은 바지를 입은 어른들이 두 개의 나무 막대기 사이로 가죽 공 하나를 집어넣기 위하여 서로 싸우고 땅바닥에 몸을 던지고 있는 것을 보았다'라고 쓴다면 나는 내가 '본 것'의 합습을 말한 것이 된다. 그러나 이때 내가 고의로 그것의 의미를 제외시켜버렸다면 결국 나는 유머를 구사한 것이 된다. 적나라한 경험을 재현시킨다고 해놓고는 그 역시 경험의 범주에 속하는 의미 연결을 모두 다 슬쩍 여과시켜버렸으므로 모든 예술가가 다 그렇듯이 카뮈는 거짓말을 하고 있는 것이다. 예전에 흄이 자기가 경험 속에서 찾아볼 수 있는 것이라고는 오직 독립된 인상들뿐이라고 선언했을 때도 역시 이와 같이 한 것이다. 또 제반 현상들 사이에는 오로지 외적 관계 이외의 다른 것은 없다고 주장하는 미국의 신사실주의자들은 아직도 그렇게 하고 있다. 이들에 반대하여 현대철학은 의미라는 것도 역시 주어진 원초적 현실이라고 역설했다. 그렇지만 이 이야기는 주제와 조금 거리가 멀어지게 한다. 부조리 인간의 세계는 신사실주의자들의 분석적 세계라고 말하면 사실 충분하다. 문학에 있어서 이 기법은 이미 사용된 바 있다. 《어수룩한 사람L'Ingenu》이나 《미크로메가Micromega》의 기법이 그렇고 《걸리버 여행기》가 그렇다. 18세기 역시 그 나름의 이방인을 지나고 있었다. 그들은 대체로 '선의의 무식쟁이'들로서 미지의 문명 속으로 들어가서 여러 사실들을 그 의미도 알지 못한 채 목격하게 된 사람들이었다. 이와 같은 간격이 불러일으키는 효과가 바로 독자들에게 부조리의 감정

203

《이방인》에 대하여

을 유발시키는 것이 아니겠는가? 카뮈는 이 점을 여러 번에 걸쳐서 상기시키려는 듯, 특히 그의 주인공이 자기가 왜 감옥에 갇히게 되었는지 그 까닭을 깊이 생각하는 장면을 그런 방식으로 그려보인다.

그런데 《이방인》 속에서 미국식 수법의 차용을 설명해주는 것은 바로 이 분석적 기법이다. 우리가 이끌어가는 삶의 도정 저 끝에 죽음이 기다리고 있다는 사실이 우리의 미래를 연기처럼 덧없게 만들어 버리고, 우리의 삶은 '내일이 없는' 것이 되어버린다. 삶은 현재의 순간들의 연속이다. 이 말은 부조리의 인간이 그의 분석적인 정신을 시간에 적용한다는 뜻이 아니고 무엇이겠는가? 베르그송이 분리할 수 없는 하나의 조직체로 보는 것을 그의 눈은 일련의 순간들로만 보고 있다. 존재의 복수성複數性을 설명해주는 것은 결국 서로서로 무관한 순간들의 복수성이다. 카뮈가 헤밍웨이에게서 차용해온 것은 따라서 시간의 불연속성에 덧붙인 토막 난 문장들의 불연속성이라고 할 수 있다. 이제 우리는 이 소설의 절단방식을 더 잘 이해하게 됐다. 즉 개개의 문장은 하나의 현재적 순간이다. 그러나 그 현재는 점처럼 찍혀 그에 뒤따르는 다른 현재 위로 번지는 그런 현재가 아니다. 문장은 흐릿한 곳 하나 없이 분명하게 절단되어 스스로 가두어져 있다. 데카르트의 순간이 그 뒤를 따르는 다른 순간과 단절되어 있듯이, 여기에서의 문장은 그 다음 문장과 무無에 의하여 분리되어 있다. 개개의 문장과 그 다음 문장 사이에서 세계는 무로 돌아갔다가 소생한다. 말은 그것이 솟아오르는 즉시 무로부터의 창조가 된다. 《이방인》의 한 문장은 하나의 성이다. 우리는 문장에서 문장으로, 무에서 무로 폭포처럼 급격하게 떨어져 내린다. 카뮈가 자기의 이야기를 완벽한 구성이 되게 마음 먹은 것은 다름이 아니라 바로 각 문장 단위의 고독을 강조하기 위해서이다. 한정된 과거(즉 단순 과거)는 계속성의 시간이다. 가령 그는 오랫동안 산책했다Il se promena longtemps'(단순과거)라는 말은 그 행위 이전의 대과거나 또는 그 이후의 미래와 연관된다. 문장의 현실성은 동사이며 동사의 타동사적 성격과 초월성을 포함한 행동이다. '그는 오랫동안 산책했다Il s'est promene longtemps'(복합과거)는 동사의 동사성을 감춰버린다. 동사는 허리가 잘려서 두 동강이 나 있다. 한편에는 모든 초월성을 상실한 과거분사가 마치 어떤 사물과 같은 상태로 되어 있고, 다른 한편에는 '있다etre'라는 동사가 기껏해야 계사繫辭(주어와 속사 혹은 보어 사이의 등식 관계를 성립시키는 역할을 하는 말)의 의미밖에는 없어서 속사를 주어에 연결시키듯 분사를 실사에 연결해줄 뿐이다. 동사의 타동적 성격은 사라지고 문장은 응결되어 버린다. 그렇게 되면 그 문장의 실체는 사실상 명사의 성격을 띤다. 과거와 미래 사이에 다리를 놓아주는 것이 아니라 그 자체로 충분한 하나의 조그맣고 독립된 실체 말고는 아무것도 아닌 것이 이 문장들이다. 거기다 만약 그 문장을 최대한 주절主節로 압축시켜놓으면 그것의 내적 구조는 완벽할 정도의 단순성을 가지게 된다. 그렇게 되면 그만큼 더 문장은 응결된 것이 된다. 그것은 그야말로 분해할 수 없는 시간의 원자原子이다. 물론 문장과 문장 사이의 연결 조직이 없도록 한다. 단순히 문장들은 서로서로 나란히 놓여 있을 뿐이다. 특히 인과관계는 소설의 이야기 서술 속에 설명적인 고리를 제공하고, 개개의 순간들 사이에 순전히 연속적인 관계 이외의 어떤 서열 관계를 도입시킬 가능성이 있기 때문에 철저히 배제된다. 작가는 이렇게 기술하고 있다.

"조금 뒤에 마리는 나에게 자기를 사랑하느냐고 물었다. 그런 것은 아무 의미도 없는 말이지만, 사랑하고 있는 것 같지는 않다고 나는 대답했다. 마리는 슬픈 표정을 지었다. 그러나 점심을 준비하면서 아무것도 아닌 일에 또 웃어대었으므로, 나는 키스를 해주었다. 바로 그때 레몽의 방에서 말다툼 소리가 터져나왔다."

순전히 표면적인 모습이 연속되는 것같이 꾸며놓음으로써 인과관계를 최대한 철저하게 은폐하고 있는 두 개의 문장을 우리는 다른 글자체로 표시했다. 반드시 앞에 나온 문장과 연관을 지어야할 필요가 있을 때는 '또', '그러나', '그 다음에', '바로 그때' 따위의 말이 사용되곤 한다. 그런 말들에는 기껏해야 분리·대립, 혹은 단순한 첨가의 의미밖에 없다. 이 시간적 단위들 사이의 관계는 신사실주의자들이 사물들 간에 설정하는 관계와 마찬가지로 외적인 것이다. 현실은 그 앞의 현실과 아무런 연관도 없이 나타났다가 까닭없이 사라진다. 세계는 시간의 맥박이 한 번 뛸 때마다 무너지고 소생한다. 그러나 현실이 스스로를 창조한다고 생각할 것은 아니다.

현실은 생명이 없는 존재이다. 그것이 하는 작위란 기껏해야 우연이라는 저 태평스런 무질서에 가공할 위력을 제공하는 일일 것이다. 19세기의 자연주의자라면 '하나의 다리가 강을 가로지르고 있었다'라고 썼을 것이다. 그러나 카뮈는 그 같은 의인법적인 표현을 거부한다. 그는 '강 위에는 다리가 있었다'라고 쓸 것이다. 그 결과 사물은 곧 우리에게 그것의 본질적인 수동성을 드러낸다. 그것은 거기에 있다, 단순하게, 또 유별난 것이라곤 전혀 없는 모습으로, "방 안에는 검은 옷을 입은 네 명의 남자들이 있었다.……문 앞에 내가 모르는 어떤 부인이 서 있었다. ……문 앞에 영구차가 기다리고 있었다. 영구차 앞에는 진행을 맡은 사람이 서 있었는데,……" 사람들은 전에, 쥘 르나르더러 그렇게 나가

다가는 마침내 '암탉은 알을 낳는다La poule pond'라고 쓰게 될 것이라고 말했었다. 카뮈와 그 밖의 많은 현대 작가들은 '암탉이 있다. 그리고 그 암탉은 알을 낳는다Il y a la poule et elle pond'라고 쓸 것이다. 그들은 사물을 그것 자체로서 좋아할 뿐 그것을 지속적인 시간의 물결 속에 용해시키기를 거부하기 때문이다. '여기에 물이 있다.' 이것은 바로 수동적이며, 그 내부도 침투할 수도, 의사를 소통할 수도 없으며, 단지 반짝거리는 작은 조각의 영원이 아닌가! 그것을 만져볼 수만 있다면 얼마나 커다란 관능적 기쁨이겠는가! 부조리의 인간에게 그것은 이 세계의 재화이다. 바로 이러한 까닭으로 소설가는 잘 짜인 이야기보다는 그 하나하나가 관능적 기쁨인, 저 내일 없는 작은 조각들의 광채를 더 좋아하는 것이다. 바로 이런 까닭에 카뮈는 《이방인》을 쓰면서 자기가 침묵하고 있다고 생각하는 것이다. 그의 문장은 언어논리의 세계에 속하는 것이 아니며, 그 문장은 곁가지를 치지도 않고, 더 어디로 연장되지도 않으며, 내적인 구조를 지닌 것도 아니다. 그것은 발레리의 '공기의 요정'처럼 정의될 수 있을지도 모른다.

눈에 띤 적도 알려진 적도 없는,

셔츠를 바꿔 입는 사이

드러난 한쪽 젖가슴의 순간!

문장은 말없는 직관의 시간에 의하여 정확하게 측정된다.

사정이 이런데, 우리는 과연 하나의 총체로서 카뮈의 소설을 이야기할 수 있을까? 부조리의 인간이 겪는 모든 경험들이 다 똑같은 값을 가진 것과 마찬가지로 《이방인》의 모든 문장들은 다 같은 비중의 값을 지닌다. 문장은 저마다 독립적으로 위치하고 다른 문장들을 무로 돌려버린다. 카뮈가 자신의 원칙을 망각하고 시적이 되어버리는 몇 번 안 되는 곳을 뺀다면, 그 어느 문장도 다른 문장들의 전체 속에서 유난히 두드러져 보이는 일이 없다. 대화조차도 이야기 속에 흡수되어 있다. 대화라는 것은 원래 설명과 의미를 즉시 제공하는 부분이니, 대화에 특별한 위치를 부여한다는 것은 의미가 존재한다고 인정하는 것이 되어버릴 테니까 말이다. 카뮈는 대화를 깎아내고 간단하게 요약하고 또 최대한 자주 간접화법으로 표현하며, 활자 배치면에서 특수한 인상을 남기도록 만드는 것을 거부한다. 그래서 마침내는 실제로 인물이 발음한 말이 다른 사건들과 마찬가지로, 마치 나타나자마자 훅 끼치고 지나가버리는 열기나 음향이나 냄새처럼, 잠깐 비쳤다가 사라져버리도록 만든다. 그런데 이 책을 처음 읽기 시작한 사람은 어떤 소설을 대하고 있다고 여겨지기는커녕 그냥 단조로운 낭음朗吟이나 혹은 나른한 아랍의 노래를 듣고 있는 것 같이 느껴진다. 그래서 이 책은 쿠르틀린이 말한 바 있는 '가서는 다시 돌아오지 않는' 저 노래들,

또는 문득 까닭없이 멈추어버리는 가락과도 흡사하다고 말할 수 있다. 그러나 점차로 작품은 독자의 눈앞에서 저절로 조직된 모습을 드러내고 그것을 떠받치고 있는 단단한 구조를 보여준다. 그 어떤 디테일도 불필요한 것이 없으며 나중에 토론에서 다시 재고되도록 배려되지 않은 것이 없다. 결국 책을 덮을 때는 이 소설이 이렇게 시작되지 않고는 달리 어쩔 수가 없으며 다른 결말을 가질 수도 없다는 것을 깨닫게 되는 것이다 .부조리한 것으로 우리에게 소개하고자 했던 그 세계, 세심한 배려를 다하여 인과율을 제거한 그 세계 속에서는 가장 조그만 사건조차도 그 나름의 가치를 지니고 있다.

모든 요소들 중에서 주인공을 범죄와 사형 집행으로 몰고 가는데 기여하지 않는 것이라고는 한 가지도 없다. 《이방인》은 부조리에 대하여, 또 부조리에 반대하여 창작된 고전적 작품, 질서 있는 작품이다. 이것이 바로 저자의 의도일까? 나는 모른다. 나는 다만 독자로서의 견해를 밝힌 것뿐이다.

건조하고 분명한 이 작품, 얼른 보기에는 무질서한 듯하면서도 그토록 치밀하게 구성되어 있으며, 그토록 '인간적'이고, 일단 그 열쇠를 찾기만 하면 비밀이란 것이 거의 없는 듯한 이 소설을 어떤 부류의 작품으로 간주하면 좋을까? 우리는 이것을 이야기 recit

라고 부를 수는 없을 것 같다. 이야기란 설명하고, 재현하는 것과 동시에 정돈하며, 시간적으로 진행된 앞뒤 관계에 인과율의 질서를 대치시키는 것이기 때문이다. 카뮈 스스로는 이것을 '소설roman'이라고 명명했다. 그러나 소설이란 시간적인 지속성과 생성 변화, 뒤바꿀 수 없는 시간의 분명한 존재를 요구한다. 그러므로 인공적으로 조립된 어떤 기계 같은 매우 경제적인 구조를 그 속에 담고 있는 것이 엿보이는, 생명 없는 현재들의 연속일 뿐인 이 책을 소설이라고 부르기는 좀 주저된다. 아니 굳이 소설이라 한다면 볼테르의 《자디그》나 《캉디드》 풍의 은근한 풍자와 아이러니한 초상(가령 뚜쟁이·예심판사·검사 등)을 담고 있는 짧은 계몽주의적 소설이라 할 수 있을 것 같다. 이 소설은 독일 실존주의자들과 미국 소설가들의 영향에도 불구하고, 결국 따지고 보면 여전히 볼테르의 콩트에 매우 가까운 것이다.

1943년 2월

알베르 카뮈 연보

- **1913년 출생**

  알제리 몽도비에서 포도농장의 노동자였던 아버지 뤼시앵 카뮈와 어머니 카트린 생테스 사이에서 11월 7일 출생했다.

- **1914년**

  알제로 이주 후 1차 세계대전 발발하자 아버지는 보병연대에 징집집 전투에서 사망하자 그의 어머니는 처음에는 화약제조공장에서 일하다 후에는 가정부로 일하며 집안 살림을 꾸려 나갔다.

- **1921년**

  카뮈의 가족은 집세가 저렴한 리옹 가 17번지에서 93번지로 이사했다.

- **1923년**

  그곳의 공립학교에서 담임교사 루이 제르맹의 눈에 들어 무료 개인교습을 받으며 중고등부 장학생 시험을 준비했다.

- **1924년**

  카뮈는 드디어 알제의 그랑 리세에 장학생으로 선발되어 입학하게 되고 아침저녁으로 전차를 타고 학교에 통학하게 된다.

- **1929년**

  번화가인 미슐레 근처에서 살고 있는 이모부의 서재에서 처음으로 앙드레 지드를 발견하고 그 책을 다 읽었다.

- **1930년**

  바칼로레아 시험 1부에 합격하고 그해 가을 학기 철학 반으로 진급한 다음 철학 교사 장 그르니에를 만나 그에게서 많은 영향을 받는다. 12월 폐결핵으로 쓰러진 카뮈는 한동안 무스타파 병원에서 치료를 받았다.

- **1931년**

  확실한 치료를 위해 카뮈는 집을 떠나 이모부 집으로 옮겨 기거하면서 많은 친구를 만나 지성인이 되어갔다.

- **1932년**

  3월 〈쉬드〉에 산문 '새로운 베를렌' 발표, 5월에는 '제앙 릭튀스―가난의 시인' 발표, 6월에는 '세기의 철학'(베르그송론)과 '음악에 대한 시론' 발표했다.

  바칼로레아 2부 합격. 10월에 그랑제콜 입시 준비반 1학년(이포카뉴)에 들어가 거기서 오랑 출신의 두 학생 앙드레 블라미슈, 클로드 프레맹빌과 친구가 되어 지적 호기심을 즐겁게 충족한다. 카뮈는 나중에 '직관들'이라는 제목으로 합치게 될 다섯 편의 산문 '몽상들'을 썼다.

- **1933년**

  6월 카뮈는 프랑스어 작문에서 1등, 철학에서 2등 상을 받는다. 10월에는 수필 '지중해'와 '사랑하는 존재의 상실'을 쓰고 나서 건강상의 이유로 대학 교수가 되려는 꿈을 접고 알제 문과대학에서 계속 수학하며 다시 장 그르니에와 르네 푸아리에의 강의 수강했다.

- **1934년**

  알제의 유명한 안과의사 딸인 시몬 이에와 6월 16일 결혼한다. 10월에는 알제 문과대학에서 철학 공부를 계속하는 한편 라틴 어문학의 실력자로 연극인이며 '앙드레 지드'의 친구인 자크 외르공 교수의 강의를 수강했다.

- **1935년**

  산문《안과 겉》을 집필하면서 철학 학사 과정을 마치고 5월부터 '작가수첩'을 쓰기 시작한다. 6월에 철학 학사 학위를 취득한다. 9월에는 아내와 함께 스페인의 발레아레스 제도로 여행한다. 프레맹빌과 장 그르니에의 설득으로 공산당에 입당하고, 친구들과 '노동 극단' 창단하고 알제의 젊은 교사와 친구들과 함께 집단극 '아스투리아스의 반란' 집필했다.

- **1936년 이혼**

  아내 시몬에게 마약을 공급해 주는 의사가 그녀의 정부라는 사실을 알게 된 카뮈는 아내와 헤어지기로 하지만 법적 이혼은 1940년 2월에야 확정된다. 그 후 10월에 카뮈는 라디오 알제 극단의 배우로 발탁되어 활동했다.

- **1937년**

  소설《행복한 죽음》집필하고 산문집《'안과 겉' 서문을 위한 초안》을 샤를로 출판사에서 출간한다. 블룸-비올레트 법안을 지지하고, 지지하는 사람들과 함께 〈비올레트 법안을 지지하는 알제리 지성인 선언〉을 기초했다.

  폐결핵 치료와 요양을 위해 파리, 마르세유를 거쳐 알프스, 이탈리아를 여행한 후 알제리로 돌아오고 공산당을 탈퇴한다. '노동 극단'을 해체하고 나서 '에키프 극단'을 조직하고, 알제 대학 기상 연구소의 임시 조수로 취업했다.

- **1938년**

  산문집《결혼》을 완성시키고, 희곡 '칼리굴라'를 위한 메모하는 한편《행복한 죽음》을 포기하지 않으면서 장차 쓰게 될《이방인》에 대한 단편적인 글들을 작가수첩에 메모했다.

  폐결핵 후유증으로 인한 공직 부적격이라는 신체검사 결과로 철학 교수 자격시험에 응시하려던 계획이 좌절된다. 그리고 12월에 '페스트'라는 제목의 소설을 위한 첫 메모를 했다.

- **1939년**

  알제 샤를로 출판사에서《결혼》출판하고, 〈미트라〉에 수필 '제밀라의 바람'의 한 부분과 〈기슭〉에 수필 '알제의 여름'을 발췌해 수록했다.

  카뮈는 크리스티안 갈랭도에게 '칼리굴라'의 초고를 완성했고《이방인》집필을 시작할 것이라는 내용의 편지를 보낸다. 10월에는 또다시 오랑을 여행하면서 '미노타우로스 또는 오랑에서 잠시'를 쓰기 시작했다.

- **1940년**

  직장을 잃은 카뮈는 다시 오랑에 체류하며 철학 가정교사로 생활하면서 '미나타우로스'를 위한 새로운 단장들을 쓴다. 3월 14일 알제리를 떠나 파리로 가서 파스칼 피아의 추천으로 〈파리 수아르〉 편집부에서 일하게 되었다.

희곡 '돈 후안'을 위한 메모를 시작하고 죽기 전까지 그 작품을 쓰고자 하지만 결국 완성하지 못한다. 6월 독일군의 파리 점령이 임박하자 카뮈는 편집부 사람들과 함께 클레르몽페랑으로, 그리고 보르도로, 다시 클레르몽페랑으로 피난했다. 그리고 신문사 팀을 따라 리옹으로 가서 에덴 호텔에 묵는다. 그리고 그곳 리옹에서 프랑신 포르와 12월 3일 두 번째 결혼을 한다. 그리고 〈파리 수아르〉의 감원 방침에 따라 카뮈는 해고되고 신혼의 부부는 오랑으로 되돌아갔다.

• 1941년

생활이 어려운 가운데 카뮈는 사립학원에서 강사로 일하게 되고 〈튀니지 프랑세즈〉에 수필 '결실을 준비하기 위하여', '짚 부스러기 불처럼' 발표한다. 그리고 시론 《시지프 신화》 탈고한다. 전염병 장티푸스가 오랑 지역에 창궐해 소설 《페스트》의 창작에 지대한 영향을 끼친다. 11월 카뮈는 '에키프 극단'을 재창단하려고 노력하는 사이 갈리마르 출판사 편집위원회가 소설 《이방인》의 출판을 결정했다.

• 1942년

카뮈의 폐결핵이 재발하고 《페스트》를 위한 메모를 계속했다.

갈라마르 출판사에서 5월 19일 드디어 《이방인》 출판되어 나왔다. 그리고 10월 《시지프 신화》가 출간되었다. 12월 카뮈는 생테티엔과 리옹 사이를 자주 왕래하며 《클레브 공작부인》에 대한 메모를 하는 한편 '반항에 대한 에세이'를 계획했다.

• 1943년

리옹에서 아라궁과 엘자 트리올레를 만나고, 6월 '파리 떼'의 리허설 현장에서 장폴 사르트르와 시몬드 보부아르를 만난다. '칼리굴라' 개작하고 '독일 친구에게 보내는 편지'를 비밀리에 발행하는 〈르뷔 리브르〉지 2호에 발표한다. 또한 프랑스 고전 소설에 대한 성찰인 '지성과 단두대'가 〈콩플뤼앙스〉지에 발표되었다.

도미니카 수도원에서 2주간 체류하면서 희곡 '오해' 탈고하여 파늘리에로 돌아온다. 카뮈는 갈리마르 출판사 출판편집위원에 임명된다.

● **1944년**

카뮈는 모든 시간을 《페스트》와 '반항에 관한 에세이' 집필에 바친다. 〈포에지 44〉에 소론 '표현의 철학에 대하여'를 발표하고 3월에는 지하신문 〈콩바〉에 '전면전에는 전면적 레지스탕스로'를 발표한다. 또한 5월에는 '오해'와 '칼리굴라'가 한 권의 책으로 출판되었다.

● **1945년**

9월 5일 아내 프랑신과의 사이에서 쌍둥이 남매인 딸 카트린과 아들 장이 출생한다. 그리고 《독일 친구에게 보내는 편지》의 출판과 함께, 소론 '반항에 대한 소고' 발표된다. 그리고 에베르토 극장에서 '칼리굴라'가 드디어 초연된다.

카뮈는 갈리마르 출판사 '희망' 총서 편집 책임자에 임명되고, 대외 정책 연구소에서 '알제리 위기와 북아프리카에서의 프랑스의 미래' 강연을 했다.

● **1946년**

2월 〈라르슈〉에 산문 '미노타우로스' 발표되고 카뮈는 3월 10일 미국으로 떠나는 배에 오른다.

미국에서 체류하며 미국 대학생을 위한 일련의 (3월 28일 맥밀런 극장에서의 '인간의 위기' 강연 포함) 강연을 한다. 그리고 프랑스로 돌아와 《페스트》 집필을 끝냈다.

- **1947년**

    3월 17일 카뮈는 파스칼 피아가 사임함에 따라〈콩바(Combat)〉신문사 운
    영을 맡지만 6월 3일 '독자들에게' 라는 제목의 글을 통해 〈콩바〉신문에
    서 물러난다고 알리고, 클로드 부르데에게 신문사의 경영을 넘겼다.
    6월 10일 드디어 갈리마르 출판사에서 《페스트》가 출간되고, 《페스트》
    는 7월에서 9월 사이에 96,000부라는 판매고를 만들며 카뮈의 저서들
    중에서 최초로 상업적 성공을 기록한 책으로 비평가 상까지 수상했다.
    그리고 시론《반항하는 인간》 집필에 매진했다.

- **1948년**

    장 루이 바로와 합작으로 쓴 페스트에 관한 희곡《계엄령》이 무대에 올려
    졌지만 비평계와 관객에게서 호응을 얻는데 실패했다. 그 후 〈라 타블 롱
    드〉에 '섬세한 살인자들' 발표했다. (후에《반항하는 인간》의 한 장이 됨.)민주
    혁명연합(R.D.R.) 미팅에서 '예술가는 자유의 증인이다'를 발표했다.

- **1949년**

    〈앙페도클〉지에 '살인과 부조리'를 발표하고 같은 호에 '예술가는 자유
    의 증인이다' 전문 게재했다. 6월 30일 마르세유에서 남아메리카로 출항
    하는 여객선에 승선하여 여러 날 동안 순회강연을 했다.
    여행 중에도 〈인간의 옹호〉에 소론 '대화를 위한 대화' 발표하고, 부에노
    스아이레스 등 여러 곳을 여행하면서 글을 발표한다. 그리고 여행으로
    폐가 심각하게 손상되는 건강 악화로 두 달 동안의 휴식과 치료를 강요받
    지만 그동안에도 〈정의의 사람들〉을 마지막으로 수정한다. 그리고 에베
    르토 극장에서 '정의의 사람들' 초연하여 절반의 성공을 거두었다.

- **1950년**

  요양을 위해 알프마리팀 지방의 그라스 근처 카브리에 체류하면서 건강이 서서히 호전되고, 갈리마르 출판사에서 희곡《정의의 사람들》출판되었다.

  12월 파리 제6구 마담가 29번지에 구입한 아파트에 아들 딸 등 가족과 함께 입주했다.

- **1951년**

  카뮈는 〈카이에 드 쉬드〉지에 '로트레아몽과 진부함'을 발표하고 3월 카브리에 다시 머물면서《반항하는 인간》집필에 매진하여 그 초고가 완성되었다. 12월에는 갈리마르 출판사에서 출간되었다.

- **1952년**

  남아메리카에서 착상한 단편 '자라나는 돌' 집필 시작하고 2월 〈가제트 데 레트르〉지에 피에르 베르제와의 '반항에 대한 대담' 발표했다.

- **1953년**

  갈리마르 출판사에서 사설 모음집《시사평론 II, 1948~1953년 연대기》출판했다.

- **1954년**

  〈N.R.F.〉지에 항해 일지 '가장 가까운 바다' 발표하고, 알제의 랑피르 출판사에서 단편 '간부'(《적지와 왕국》에 수록) 출간했다. 또한 갈리마르 출판사에서 산문집《여름》을 출간하였다.

  10월 네덜란드 여행에서 작가수첩에 소설《전락》을 예고, 그리고 11월에 이탈리아 순회강연(토리노, 제노바, 로마), 그리고 소설《최초의 인간》과 그 밖의 다른 책을 위한 메모를 했다.

- **1955년**

  3월 12일 디노 부자티의 단편 '흥미로운 케이스'를 각색하여 라 브뤼에르 극장에서 상영하다. 12월 토리노 〈콰데르니 아시〉에 강연문 '예술가와 그의 시대'를 발표했다.

- **1956년**

  소설 《전락》 출판하고, 알제에서 '민간인 휴전'을 위한 호소문 낭독했다. 그리고 〈N.R.F.〉에 단편 '혼미해진 정신'(《적지와 왕국》에 수록) 발표했다. 또한 카뮈는 폴란드 포즈나뉴에서 일어난 민중 봉기의 무력 진압에 대한 항의문에 서명했다.

- **1957년 노벨 문학상 수상**

  3월 15일 바그람 홀에서 강연 '카다르가 겪은 공포의 날' 그 발췌문이 〈프랑티뢰르〉 18호에 게재되고, 갈리마르 출판사에서 소설 《적지와 왕국》이 출판되고, 〈N.R.F.〉에 소론 '단두대에 대한 성찰'이 발표되었다.
  12월 프랑스인으로 아홉 번째이며 최연소(44세)로 노벨 문학상 수상. 스톡홀름 시청 홀에서 만찬이 끝난 다음 수상 연설. 스톡홀름 대학교에서 강연하고, 웁살라 대학교에서 '예술가와 그의 시대'라는 제목으로 강연했다.

- **1958년**

  연설과 강연을 한데 모은 《스웨덴 연설》을 갈리마르 출판사에서 출간했다.
  《안과 겉》 재출간 함께 《나지 사건》에 붙인 카뮈의 서문과 《감옥에 갇힌 예술가》도 출간되었다. 또한 사설 모음집 《시사평론 III, 알제리 연대기 1939~1958》도 출판되었다.

- **1959년**

  카뮈가 각색을 맡은 도스토옙스키 원작 '악령'이 앙투안 극장에서 상연
  되었다. '악령'은 프랑스 국내 및 해외 순회공연으로 대단한 성공을 거두
  었다. 또한 카뮈는 다시 루르마랭에 머물며 《최초의 인간》 집필에도 매
  진했다.

- **1960년 사망**

  1월 4일 갈리마르 출판사의 사장 조카인 미셸 갈리마르가 운전하는 자동
  차를 타고 파리로 향하던 중 몽트르 근교 빌블르뱅에서 교통사고로 카뮈
  는 즉사하고, 운전자인 미셸은 5일 후에 사망했다.

  (알베르 카뮈는 남불 루르마랭 마을의 공동 묘지에 아내 프랑신 카뮈와 함께 묻혀 있다.)

- **1971년**

  카뮈의 《이방인》 전작품인 미발표 소설 《행복한 죽음》이 출간되었다.

- **1994년**

  딸 카트린 카뮈에 의해 알베르 카뮈의 미완성작 《최초의 인간》이 출간되
  었다.

옮긴이 서상원

고려대학교를 졸업하고 한국외국어대학교 대학원에서 영문학을 전공했다. 잡지사 《여원》의 편집부에서 번역 및 해외 문화를 소개했으며 IBS 번역센터를 설립하여 대표로 재직하면서 명지대학교·세종대학교·경원대학교에 출강했다.

외국에서의 생활을 바탕으로 한국의 현 상황에 맞는 인문서와 우리의 정서에 맞는 자기 계발서를 기획하며 글쓰기에 매진하고 있다. 지은 책으로 『이기적 리더십』『죽기전에 한 번은 심리학을 만나라』『두 배로 성공하는 낙관적 습관』『더 이상 기회는 없다』『좋은 인생 좋은 습관 2』등이 있고, 옮긴 책으로『신곡』『데미안』『페스트』『이방인』, 스타 에센스 클래식 시리즈『레 미제라블』『안나 카레니나』『위대한 개츠비』와 『톨스토이의 인생 레시피』『경제 사랑학』『지금부터 시작하는 인간관계의 룰』『유럽에 빠지는 즐거운 유혹 1·2·3』『헤르만 헤세의 청춘이란 무엇인가』등이 있다.

표지 이미지 Stokkete / shutterstock.com

이방인

초판 인쇄 2021년 11월 5일
초판 발행 2021년 11월 10일

지은이   알베르 카뮈
옮긴이   서상원
펴낸이   김상철
발행처   스타북스
등록번호 제300-2006-00104호
주소   서울시 종로구 종로 19 르메이에르종로타운 B동 920호
전화   02) 735-1312
팩스   02) 735-5501
이메일   starbooks22@naver.com
ISBN   979-11-5795-618-0 03860